나의 견성 체험기

어떻게 참나를 볼 것인가?

나의 견성 체험기

가람 장병윤 지음

좋은땅

내 나이 60세에 견성을 하였고, 그 견성에 대한 환희심이 한 권의 책으로 승화되었다는 것은, 내 자신이 견성했다는 또 다른 물증 증거가 될 수 있어 너무 기쁘다. 견성이라는 하나의 주제로 한 권의 책이 되었고, 이 책이 견성을 이루고자 하는 수행자들에게 참 좋은 지침서 또는 나침판이 될 수 있기를 바라는 마음이다. 천상에 있는 신들이 깨달음을 얻기 위해 지상의 인간으로 태어나길 갈망한다는데, 우리들은 이미 지상의 인간으로 태어났고 견성을 하고자 마음을 먹었으니 이제 소화만 잘하면 우리들은 모두 부처가 되는 것이다.

길 없는 길이지만 위로 걸어 올라가고 있다는 그 느낌 하나로 나침판도 없이 걷다가 문득 산 정상에 이르렀을 때 자신이 걸어서 올라왔던 그 길을 내려다보면, 그 길이 아니라도 세수하다 코 만지기보다 더 쉬운 길이 있었음을 알게 됨으로써 한편으론 기뻤지만, 다른 한편으론 견성하기까지가 너무 힘들었다는 생각에 이게 다인가? 하는 허한 기분에 잠시 빠지기도 하였다. 에베레스트 산을 정복한 등산인들이 자기가 올라온 길을 책으로 알려 주었지만 이를 보고도 정상까지 올라오는 등산인들이 많지 않듯이, 견성을 하고자 하는 수행자들을 위한 여러 책들이 많이 있지만, 그러한 책들을 보고 견성 했다는 수행자는 그리 많지 않은 것 같다.

내가 견성한 이후에 본 책들 중에는 실제로 견성을 체험하지 못한 자가 쓴 책들이 많았고, 책의 내용 또한 수행자들이 견성에 대해 올바르지 못한 상을 짓도록 유도하는 내용들이 많았으며, 깨달은 자들이 쓴 책들은 그들만 이해할 수 있는 내용들이 많아, 깨달음을 이루려는 초보 수행자들이 이해하기에는 쉽지 않은 것들이었다.

붓다가 깨달음을 성취한 후 6년간 그의 도반이었던 다섯 비구들을 찾아가 설법으로 그들을 모두 깨치게 하였음에 주의해 볼 필요가 있다. 이들 중에는 하루 만에 깨치기도 하였고, 어떤 이들은 그 다음 날 깨치기도 하였는데, 이는 어미닭의 도움으로 병아리가 계란에서 부화하는 것과 같은 원리였다.

붓다와 같이 수행하였고, 붓다와 헤어진 이후에도 자기들 나름대로 열심히 수행하여 이제 계란을 깨고 나올 채비를 하고 있을 즈음에, 붓다가 와서 밖을 쪼아 주니 안전하고 완전하게 부화할 수 있었던 것이다. 이것이야말로 진짜 완벽한 줄탁동시인 것이다.

견성을 하고자 하는 수행자는 붓다의 말대로 자신을 믿고 끊임없는 수행을 하면서 견성에 대한 절심함과 절박함이 가득할 때, 선지식인과의 시절 인연으로 견성을 이룰 수 있게 되는 것이다.

견성은 글이나 말로 깨우쳐 줄 수 있는 것이 아니라서 수행자의 수행이 절대적이다. 그러나 수행 중 금강경, 화엄경, 법화경 등을 읽고, 각종 염불과 주문을 외우는 등 많은 지식을 쌓은 것은 좋지만, 이로 인하여 자기 불교를 갖게 되면, 이것이 헛된 상을 만들어 견성을 하는 데 오히려 방해가 될 수 있다고 한다.

견성을 하고자 하는 수행자는 고요한 마음을 갖고 자신의 지식에 끄달리지 않도록 분별하는 마음을 내려놓은 것이 도움이 될 것이다. 분별심을 내려놓기 위해서는 일상삼매를 생활화하여야 한다.

일상삼매란 일상생활 중 흩어져 있는 모든 의식들을 한곳으로 모으는 것을 말한다. 알기 쉽게 예를 들어 보면, 밥을 먹을 때 입으로는 밥이 들어가고, 눈은 TV 화면에, 귀는 식구들의 말에, 코는 막 내려진 커피 향에 가 있는데, 이러한 6의식들을 오직 밥 먹는 것에만 집중하는 것을 일상삼매라 한다.

밥 먹을 땐 밥 먹는 것에만 집중하고, 책을 볼 땐 책 보는 것에만 집중하게 되면 의식들이 어느 한자리에 모이고, 그 모인 의식들을 딱 멈추는 한순간, 아하~ 이거구나! 하게 된다. 그럼 된 것이다.

이 한순간 생각이 끊어짐을 체험하기 위해서는 견성을 체험한 선지식인의 지도가 필수적이다. 스스로 수행을 하다 보면 어느 시점에 이러한 도움이 필요하다는 것을 느끼게 되고 이 때 시절 인연을 만나게 되면 한 소식 전할 수 있게 되는 것이다.

이 책은 종교인이든 종교인이 아니든 간에 누구나 다 이해할 수 있도록 아주 쉽고 일상적인 용어로 기술하였으며, 견성하고자 하는 모든 수행자들을 위하여 나의 경험담을 더하지도 빼지도 않고 있었던 그 상황과 그 느낌과 그 생각들을 그대로 진솔하게 적었다.

끝으로 다시 한번 더 견성 체험을 하고자 하는 수행자들에게 이 책이 유용한 나침판이 되었으면 좋겠으며 수행자들의 간절한 소망이 이루어지길 두 손 모아 기원한다.

2020년 5월의 허공 속에서
연기상담심리학회장 가람 장병윤

목차

1

생각 이전 자리

깨달음

견성

성불

참나

본성

공성

이런저런 이름들이 다양한데, 굳이 이름을 붙이자면,

나는 생각하기 이전의 자리라고 표현하는 것이 가장 마음 편하다.

나는 생각하기 이전의 자리를 보았다.

그 어떤 표현보다도 내가 경험한 것을 이렇게 말하는 것이 그런대로 맞

지 싶지만, 어쩌거나 입을 열게 되면 이미 어긋나 버리기에 그나마 이렇

게 표현하는 것은 다만 이름은 이름일 뿐이기 때문이다.

이것은,
어디서 가져온 것도 아니고
누가 준 것도 더더욱 아니며,
저절로 생겨난 것도 아니다.

다만,
인연이 되어 조건이 되면 발생되고,
조건이 일어나지 않으면 발생되지 않은 것이라
있다 할 수도 없고,
없다 할 수도 없는
그 자리가 있음을 안 것을
사람들은 이런저런 이름을 붙이는데,
그중에 깨달음이니 견성이니 하는 말을
가장 많이 사용되어지고 있는 것 같다.

2
본성

어릴 때 집을 나가 거지로 떠돌다
큰 집에 구걸하러 왔다가,
이런저런 일 겪은 후
10년 후쯤,
자기 집에 안착했다는 글을
법화경에서 읽어 보았다.

집을 나가 거지로 살았다는 것은
망상 속에 살았다는 걸 말하고,
지기 집에 왔다는 건 본성을 찾았다는 것이다.
그리고
비록 견성을 해도 그동안 쌓인 습을 제거하는 데
10년이 걸린다는 뜻일 것이다.

붓다는 팔만사천법문은 달을 가리키는
손가락이라고 하였다.
붓다는 달을 보라 했지,
손가락을 보라 하지는 않았다.

붓다의 뜻은,
위로는
깨달음을 득하여 괴로움에서 벗어나고
아래로는,
보시하는 삶을 살도록 가르친 것이다.

나는 이제 참나를 보게 되었으니
육보시를 열심히 수행하여
이번 생에
공부를 마칠 수 있기를 기원해 본다.

3
직지인심

불제자들 중에는 견성하면 석가모니불이 되는가 하는 생각을 갖는데, 견성이란 자기 본성을 바로 본다는 의미일 뿐이다.

견성, 성불, 득도, 중도 다 같은 의미이다.
깨달았다는 것은 자기 본성을 알았다는 거지,
석가모니불이 되었다는 것은 아니다.

붓다는 괴로움에 빠져 있는 중생들에게 자신을 바로 보게 하여, 괴로워할 것이 없다는 것을 깨닫게 해 주기 위해 한평생을 길에서 살았었다.

이발사, 국왕, 브라만, 여자 불자 등 지식과 나이, 성별에 맞게 설법을 하여 깨달음을 얻게 한 붓다는, "와서 보라. 그리고 진심으로 들으면 누구나 다 깨달음을 얻게 될 것이다."라고 하였다.

붓다가 갠지스강가에서 설법을 하고 있던 중에 이웃 나라의 93세의 국왕이 찾아와 깨달음에 대해 질문하자, 국왕에게 갠지스 강을 어릴 적에 보았을 때와 젊어서 보았을 때 그리고 지금 보고 있는 그 자가 같은 자입니까 다른 자입니까? 하고 질문하자 국왕은 그 자리에서 깨달음을 이루었다.

달마대사가 소림사 절 뒤의 동굴에 앉아 시절 인연을 기다리고 있을 때 혜가가 찾아왔다. 혜가는 깨달음에 대한 절실한 마음을 내보이기 위해 자신의 팔을 잘랐다.

1대 제자가 된 혜가는 달마대사에게 마음이 편하지 않다 하자, 달마대사는 편하지 않은 그 마음을 찾아오라고 하였다. 혜가는 찾을 수가 없다고 하자, 달마대사는 내가 이미 편하게 해 주었다 하는 말에 혜가는 깨닫게 되었다고 한다.

붓다나 달마대사처럼 개개인에게 맞는 설법을 해 주어 단박에 깨달음을 얻게 하는 것이 직지인심이다. 금강경에 의하면 1,250명의 아라한들이 있는데, 이들은 붓다와의 직지인심으로 깨달음을 이룬 자들이다. 나 또한 백운 큰스님의 직지인심으로 견성을 하였다.

4
조사들의 말

오온이 공하다는 것을 알면,
모든 괴로움과 액난에서 벗어났다.

생각 없이 진짜라고 믿어 오던 오온이 가짜라는 것을 알게 되면 오온에 집착하지 않고 집착하지 않으니 오온으로 인하여 괴로워할 것이 못되는데, 그럼 오온이 가짜면 무엇이 참나인가?

아무개야 하고 부를 때 생각 없이 얼른 예 하고 답하는 그 자리가 참나이다. 생각이 떠올라 상이 만들어진 후에 하는 것은 생각 후의 자리다.

참나 자리는 '누가 준 것도 아니고 오고간 적도 없고 늘 그 자리에 있으면서 조건이 형성되면 작용이 일어나는 바로 그 자리다.'라고만 말할 수 있을 뿐이다.

배고프면 밥 먹고 목마르면 물 먹고 소리 나는 쪽으로 고개 돌리고 보이는 대로 보고 졸리면 잠자는 그 자리가 참나 자리다.

참나 자리 또는 본성 자리를 보는 것을 견성이라 한다. 막상 알고 보면 옛 조사들 말처럼 세수하면서 코만지는 것과 다를 바가 없는 것이다.

발심을 하고,
참나를 보고자 하는 간절한 마음만 있음,
누구나 다 볼 수 있는 자리다.

5

무자 화두

무문관에서 1번으로

무자 화두가 나온다.

내용인즉슨,

어느 스님이 조주선사에게

개도 불심이 있습니까? 하니,

조주선사가 무라고 했다.

이 화두가 선방에서 인기 짱인 것은 무자 화두를 들고 참선하여 견성한 이름 난 스님들이 꽤나 있기 때문이다.

조주선사가 붓다의 중도를 모르지는 않을 텐데 왜 무라고 했을까? 내가 보기엔 스님이 묻고 조주선사가 그 물음에 일상적인 답을 했을 뿐이라 생각한다.

일상생활에서는 망상이 일어나지 않는다. 망상 없는 일상이 실상이고 망상이 일어나기 전의 자리가 참나 자리다.

조주선사가 왜 무라 했을까?

무가 무엇인가?

소리 내어 무~

이처럼 무에 관하여 이런저런 어떤 생각을 일으킨다는 것은 결국 망상을 불러올 뿐 참나를 보지 못한다.

숭산 스님이 미국에 갔을 때 어느 세미나에서 여교수가 숭산 스님에게 스님 사랑이 무엇입니까 하고 질문하자, "교수님께서 나에게 질문하고 나는 그 질문에 정성스럽게 답하는 이것이 사랑입니다."라고 숭산 스님께서 답했는데, 이 또한 일상의 도를 나타내 보인 것이라 할 수 있다. 그리고 이 여교수는 사랑이 무언지 알았지 싶고, 안 그 자리가 바로 참나 자리다.

6
허상

바다를 본 사람은,
호수를 바다라고 하지 않습니다.

해를 본 자는,
달을 보고 해라고 하지 않습니다.

바다를 보지 못한 자는,
호수를 바다라고 말하지만
바다를 본 적 없으니,
자기 말에 믿음을 갖고 있습니다.
이게 망상입니다.

해를 보지 못한 자는,
달을 보고 해라고 말하지만

해를 본 적이 없으니,

자기 말에 자기가 속고 있습니다.

이게 허상입니다.

참나를 알지 못한 자는,

이런저런 것이 참나라 하는데

이것은 마치,

호수를 바다라고 말하거나,

달을 해라고 말하는 것과 같습니다.

7
연기

붓다가 보리수 아래서 깨달음을 이루고 보니 당신의 깨달음이 워낙 커서 중생이 이해할 수 없는 것이라 바로 열반에 들려고 하니 범천이 나타났다.

범천은 붓다에게 중생들에게 가르쳐 줄 만큼만 가르쳐 주어도 좋겠다고 해서 붓다는 열반을 미루고 보리수 아래에서 49일 동안 이런저런 생각을 하다가 자신의 도반이었던 5비구를 찾아 먼 길을 떠났다.

붓다의 많은 가르침 중에,
연기가 가장 큰 가르침이라 한다.
이것은 여래가 만든 것이 아니라,
여래가 오기 전에도 있었던 것이다.
이것이 있음 저것이 있고,
이것이 없음 저것도 없다.

아버지가 돌아가서도 우주는 그냥 있듯이 내가 죽어도 내 자식은 남아 있을 것이라는 게 일반적인 생각이지만, 그리 생각되어지는 것은 살아 있는 내가 죽은 아버지의 입장에서 생각하니 그리 생각될 뿐, 내가 죽으면 이 우주도 없다는 것이 붓다가 설한 연기법이다.

우주는 나로 인해 나타나고 내가 사라지면 우주 또한 사라지기에 내가 곧 우주요, 우주가 곧 나인 것이다. 즉, 우주와 나는 둘이 될 수가 없다는 것이다.

또한,
나는 나 아닌 것들(공기, 물, 의식주와 관련된 모든 것)의 도움 속에서 살아가고 있기에 어느 것 하나 나 아닌 것이 없는 것이다.

8

깨달음의 길

어릴 때 스님이 되었다가 장년 때 환속한 사람이 환속 전 기를 받기 위해 산속에서 많은 기도를 했었다고 하여, "산속에서 어떤 기도를 하였습니까?"하고 물었더니 뜻밖의 말을 하였다.

"거사님이 군대에서 화생방 훈련으로 가스실에 들어간 경험을 나에게 아무리 자세히 설명한다 해도 체험해 보지 못한 내가 온전히 이해할 수 없듯이, 내가 기도에 대해 아무리 자세하게 말한다 해도 거사님이 나의 말을 이해하기가 쉽지는 않을 겁니다."라고 하였다.

깨달았다고 스스로 말하는 어떤 자가 YouTube에서 꿀을 들고 나와 한 입 먹고 나서는 이 꿀을 먹어 보지 못한 자에게 자신이 느낀 꿀맛을 말이나 글로써 느끼게 하는 것은 거의 불가능한 것이라 하였다. 이 말의 뜻은, 참나를 보기도 힘들지만 본 것을 전하긴 더욱 더 어렵다는 것을 말하는 것이다.

어떤 시절 인연으로 참나를 보게 되었다 해도 막상 그것을 말이나 글로 깨닫지 못한 자에게 본 것을 전해 주는 것이 그리 쉽지가 않은데도 불구하고, 깨닫지도 못한 자들이 참나에 대해 이러쿵저러쿵하면서 깨달음이 올 때 어떤 현상을 보게 되었다는 말들을 한다.

참나를 보기도 전에 눈앞에 무엇인가 나타났다거나 또는 신체적 변화가 있었다는 등의 말을 하여서 수행자에게 견성에 대한 어떤 헛된 상을 갖도록 하지만, 견성은 이미 있는 것을 보는 것이지 무언가 새로 생기거나 없어지는 것이 아니다.

깨달은 자도 그것을 말이나 글로 전하기가 쉽지 않은데, 깨닫지 못한 자가 그것에 대해 더 잘 아는 것처럼 말하는 것은 마치 서울에 가 보지 않은 자가 서울에 가 본 자를 가르치려는 것과 같은 것이다.

깨달음을 이루고자 한다면 절대로 이런 자들에게 속지 않아야 할 것이다. 오직 깨달은 자들만이 수행자들에게 도움을 줄 수 있을 뿐이다. 왜냐하면 그 길은 가 본 자만이 보고 아는 길이며 가 보지 않은 자는 장님이나 다름없기 때문이다.

나 또한 참나를 보았지만 깨닫지 못한 자에게 내가 본 그 참나를 보게해 줄 방법이 쉽지 않다는 것을 느끼고 있다. 그러나 어떤 스님이나 거사들의 법문을 들어 보면, 깨치고 법문을 하는구나 또는 깨닫지 못하고 법문을 하는구나 하는 것을 단박에 알 수 있게 되었다.

9
돈오점수

돈오돈수냐, 돈오점수냐?

이러한 논쟁들은 내가 깨치고 나서 보니, 견성하지 못한 자들의 괜한 공염불에 불과할 뿐이었다.

일반적으로,

돈오에 대해서는 시비가 없으니 패스하고, 돈수냐 점수냐 할 때 무엇에 대한 돈수고 점수냐에 따라 달라질 뿐이다.

견성에 있어서,

두 말할 것도 없이 돈오돈수라 할 것이다. 한번 견성한 후 더 큰 견성을 하였다는 것은 깨닫지 못한 자들의 괜스런 헛된 공염불에 지나지 않을 것이다.

견성을 하고 보니,

내 경우에는 지혜를 담을 큰 그릇이 하나 생겼다. 앞으로 수행을 해 나감에 따라 이 큰 그릇 속에 지혜들이 하나둘 조금씩, 조금씩 담기게 될 것이다.

견성 후,

습으로 남아 있는 전도몽상된 헛된 상에 끌려 다니지 않게 되는 것은 지혜가 모아져야 그리되는 것이지, 어찌 한순간에 다 이루어지겠는가?

10
천국과 천당

참나를 체험한 후의 변화 중 하나가,
성경과 불경 말씀이 불이함을 알게 되었다.

예수 천국,
불신 지옥.

어느 불제자가 버스 안에서 기독교 신자가 이렇게 외치는 것을 들었다
고 하면서 성담 스님께서는 이 말에 대해서 어떻게 생각하는지에 대해 법
회 시간에 질문을 하자 스님은 이렇게 답했다.

먼저 깨달으면 천당,
깨닫지 못하면 지옥.

이렇게 들린다 했다.

'듣고 싶은 대로 들린다.'라는 말이 실감나는 말이다.

하느님은

나 외에 다른 신을 만들지 마라

붓다는

자신을 믿고 쉼 없이 정진하라

성경엔 태초에 말씀이 있었다.

불경엔 분별하기 전의 그 자리

하느님 은혜

부처님 가피

하늘엔 은총 땅에는 평화

위로는 깨달음 아래로는 보시

깨닫고 보니 성경과 불경 간에는 말은 비록 서로 다르게 하였지만, 그 말의 의미는 결코 다르지 않다는 것을 알게 되었다.

11

염화미소

화두를 들고 참선하라.

화두가 타파되면 견성을 체험하리라.

전 세계 어디에도 없고 한국에만 유일하다는 화두참선을 통하여 견성을 하고자 하는 수행자들이 산사의 선방에서 자신의 삶을 걸고 화두타파에 몰입하고 있다고 한다.

화두참선으로 40여 년을 수행했음에도 견성을 체험하지 못했다고 눈물 흘리는 수행자도 있고, 어떤 수행자는 3년 걸렸다, 또는 10년 걸려 견성을 하였다고 자랑하는 자도 있다. 문제는 자신이 언제 견성 할는지를 알 수가 없다는 것이다.

붓다는 꽃을 들었고 가섭은 미소 지었다. 이게 최초의 화두라 한다. 견성을 하면 대다수 화두의 의미를 알게 된다고 했는데, 나에겐 이 화두의 의미가 분명하지는 못하다.

　붓다가
　꽃을 들었든 찻잔을 들었든,
　손가락을 세웠든 손뼉을 쳤든지 간에
　그 뜻은 같은 의미이다.

　'가섭이 미소 지었다.'를 경상도 사투리로 표현해 보자면, 가섭이가 씨익 쪼겠다가 될 것이다. 고참이 말하는 중에 쫄따구가 씨익 미소 지으면, "쪼개지 마레이, 그카다 내한테 뒤진다."라고 경상도 깡패들끼리 그랬다 한다.

　가섭이 미소 지은 것에 대해 무문관 해설집 속에는 어느 스님이 가섭이가 붓다를 비웃었다고 하였다. 이 스님이 써 논 글에 대해 어느 거사가 답을 하길 그 스님이 가섭의 미소에 속았다고 하였다. 깨달음을 이룬 거사의 안목이라 할 수 있겠다.

　이 화두를 내가 살펴보면
　비이나?
　버얼써~
　벌씨로?
　야~
　이렇게 스승과 제자가 경산도 어느 산골에서 서로 묻고 답했나 봅니다.

12
나는 누구인가

1981년,

1년 재수하여 대학엘 들어갔는데, 어느 날 논리학 강의 시간에 교수님께서 나와 관련된 모든 끈들을 끊어 버리고 나를 무엇으로 나라고 할 수 있는가? 하는 질문을 던지고는 종강하였다.

그때부터,

장병윤, 남자, 아버지, 키 173㎝, 내성적이고 충동성이 매우 강한 사람, 누구보다도 더 호기심이 많은 남자 등등 나와 관련된 이런 끈을 다 잘라 버리고 무엇으로 나를 나라고 말할 수 있을까 하면서 아무런 이유도 없이 괜히 혼자 오랜 시간 이런 생각에 빠져 지내 왔다.

그 후,

40년이란 긴 세월 동안 머릿속에서 만 언제나 뱅글뱅글 돌기만 했지 전혀 풀 수 없었던 그 숙제가 60살이 되면서 스르륵 해결되고 보니 그 기쁨에 괜히 히죽히죽 웃음이 나왔다.

마누라, 아들, 딸, 내가 알고 지내는 모든 지인 등 그 어떤 누구에게도 오랜 숙제가 없어져 마음이 홀가분해졌다고 자랑을 해도 내가 무슨 말을 하고 있는지조차 알아듣지 못하였다.

나는 그저 나 혼자 좋아서 싱글벙글하고 지내지만, 마음 다른 한편에서는 벙어리가 꿈을 꾸고 나서 아무 말 못하는 것처럼 답답함이 전혀 없는 것은 아니다.

본성
견성
성불
참나
깨침

이름이야 무엇이 되든지 간에 나는 그것을 보았다.

이젠 누군가 나에게 나와 연결되어 있는 모든 끈을 끊어 버리고 무엇으로 나를 나라고 할 것인가 하고 묻는다면 나는 조금도 망설임 없이 구지 스님처럼 나의 손가락을 세워 보여 주겠다.

살아온 습

세수하다 코 만지기보다 쉽다는 이걸 왜 못하지? 붓다와 함께 한 제자들은 대부분 이것을 했는데 붓다 사후, 이게 왜 하늘의 별 따기보다 더 어려워졌을까?

생각 전 그 자리, 견성 체험, 본성 발견, 성불하기, 깨달음, 참나 등의 이름으로 불리고 있는데, 이것에 대한 그릇된 이름이 이것을 이루게 하는 것을 어렵게 하는 건 아닌지 모르겠다.

깨달음을 얻었다고 말할 때 나라는 주어가 숨어 있는 것을 꺼내어 보면 내가 깨달음을 얻었다가 된다. 그러나 이것을 얻는 것이 아니다. 이미 우리 모두가 저마다 다 가지고 있기에 얻을 필요도 없거니와 어디서 얻을 수 있는 것도 아니다. 다만 표현만 그리 할 뿐이다.

얻을 필요도 없고 얻을 수도 없는 이것을 얻겠다고 하니 얻을 수가 있겠는가? 이것은 눈이 눈을 보기 위하여 다른 눈을 얻고자 하는 것과 같은 이치다.

이것에 깨달음이라는 이름을 붙이는 순간 수행자는 이것과는 천리만리 멀어져 버린다. 이것은 조건이 형성되면 작용하고 조건이 형성되지 않으면 나타나지 않은 것이라 수행자 자신이 이것에 대한 망상을 만들어 놓고 모양으로 보고자 한다면 결코 볼 수가 없는 것이다.

군이 이것에 이름 붙이고자 한다면 '생각하기 이전 자리를 보았다.' 하는 말이 맞지 싶다. 간절하고 절실하게 그리고 순수한 마음으로 자기 자신의 내면을 바라볼 때 저절로 그 자리가 뚜렷하게 나타남을 체험할 수 있을 뿐이다.

이 체험에 군이 이름을 붙이고자 한다면 '견성을 체험했다.' 하거나 '본성을 발견했다.' 또는 '참나를 찾았다.'라고도 할 수 있을 것이다.

이것은 또한 선지식인을 만나 묻고 답하는 중에 홀연히 체험되기도 하는데 나 또한 그렇게 하여 견성하게 되었다.

혼자서는 자신의 아집과 망상 때문에 이것을 체험하기가 쉽지 않다. 그리고 이것은 한 번의 체험이면 족하다. 군이 물속에서 물을 찾을 필요가 없는 것과 같은 이치이다.

견성을 체험하고 나면 이때부터 깨달음을 위한 공부가 시작된다. 왜냐하면 견성은 돈오이고 깨달음은 점수이기 때문이다.

견성을 하면 지금까지 살아온 습들이 제거되면서 깨달음이 하나둘 쌓이고 이에 따라 세상 이치가 더욱 더 분명해져 가는 것이다.

견성은 깨달음의 시작이요, 깨달음은 석가모니불이 되어 가는 여정이며, 삶의 이치를 분명하게 알아 가는 인생의 긴 여행이기도 하다.

손가락

한 소식 하겠다고 선지식인의 도움 없이 홀로 선방에 앉아 '이 머꼬?' 한들 자신이 만든 망상의 틀 속에 갇혀 허송세월하다 결국엔 눈물짓거나 한 소식했다고 하는 그릇된 망상에 자기 자신이 스스로 속고 있을 뿐이다.

자신의 본성을 체험하기 위해서는 선지식인의 도움이 꼭 필요하다. 선지식인, 즉 본성을 체험한 자만이 길 안내를 해 줄 수 있는 것이지 체험 없이 말이나 글로 배워 알았다 하는 자는 이 길만큼은 절대 안내자가 될 수 없고, 오히려 그러한 자들은 본성을 체험하고자 하는 수행자들을 잘못 안내하는 훼방꾼 역할을 하고 있을 뿐이다.

팔만사천법문을 다 암송하고 있다 해도 본성을 체험하지 못한 자는 길 안내자가 될 수 없다. 왜냐하면 그 길을 가 본 자조차도 머리에는 그 길이 생생하게 떠오르나 글로 또는 말로 가르쳐 주기가 쉬운 것이 아니기 때문이다.

이 길은 오직 가 본 자만이 알 수 있는 길이다. 책 속에서는 길이 없다. 그래서 붓다는 팔만사천법문이 달을 가르치는 손가락에 불과하다고 하였다.

깨닫지 못한 자들이 깨달음, 즉 득도를 하게 되면 앉아서 천리를 본다는 둥, 남의 마음을 훤하게 안다는 둥, 깨닫는 순간 광체가 보인다는 둥, 눈앞이 노랗게 된다는 둥 헛된 소리를 하여 수행자로 하여금 견성 체험에 대한 헛된 상을 만들어 그것을 모양으로 보도록 하여, 수행자가 견성함에 있어 더 어렵도록 만들었다.

선지식인의 가르침만이 수행자가 본성을 체험할 수 있게 해 줄 뿐이지만 선지식인과 수행자 간에 시절 인연이 맞지 않으면 선지식인의 바른 가르침을 자신의 헛된 믿음과 망상으로 인해 받아들이지 못하고 그 가르침을 왜곡하여 본성을 체험할 수 없게 된다. 이럴 때는 다른 선지식인을 찾아가는 것이 자신에게 더 도움 될 것이다.

자신의 헛된 망상과 믿음, 지식 등 모든 것을 다 내려놓고 선지식인의 가르침을 스펀지가 물을 쪼옥 빨아들이듯이 한 치의 의심도 갖지 않고 받아들일 때 본성을 체험할 수 있다. 또한 본성을 체험하기 위해서는 반드시 수행자의 간절함과 절박함 그리고 분별하지 않은 마음이 있어야 한다.

법문을 많이 알고 있다거나 덕망이 높은 스님을 따르고 불상에 대해 가피를 구하거나 방생을 많이 하거나 독경, 시주, 절이나 사경이나 염불을 많이 하는 것은, 본성 체험하는 것과는 또 다른 차원의 불심이다.

발심

    견성 또는 깨달음을 얻는다는 것은 선방에서 화두를 들고 참선수행하는 스님들이나 하는 것으로만 알고 있었는데 어느 날 우연히 YouTube에서 깨달았다는 분이 강연을 하는 것을 유심히 들어 보았다.

    잘나고 머리 좋은 사람이나 깨치지 나같이 키가 작고 공부에 뒤쳐졌고 속이 좁고 어리숙하게 보이는 내가 깨달을 수 있을까 했는데 하니 되더라 하면서 당신도 눈 뜰 수 있다는 말에 마음 깊은 곳에서부터 발심이 일어났다.

    발심이 생긴 그날 이후로 혜암 선생이 연속적으로 올리는 동영상 강연뿐만 아니라 성철, 법륜, 법상, 종범, 해국, 각산, 숭산, 성담, 백운 스님 그리고 도울, 윤홍식 선생 등 깨달음과 관련된 강연을 수 없이 많이 들었으며, 『불교학 개론』, 『그대 자신을 알라』, 『부처님 그분』, 『무문관』 등과 같은 깨달음과 관련된 책들을 많이 읽어 보게 되었다.

견성하고자 듣고 보고 하였던 그 시간들을 합하면 2년간 불교대학 다니면서 공부한 것 100배가 넘는다. 간절함 그리고 절박한 마음에 밤을 지새며, 책을 읽거나 동영상을 본 날들도 꽤나 많았다.

붓다가 고행을 멈추고 보리수 아래에 앉았을 때 깨달음을 이루었듯이, 나에게도 어느 날 그런 기회가 왔었다. 밤낮 없이 깨달음에 목말라했지만 그 깨달음은 일어나지 않고 음식 먹고 체한 것처럼 가슴만 더 답답하던 그 시점에서, YouTube를 통해 알게 된 백운 큰스님과 6시간 동안 독대하면서 묻고 답하는 와중에 "아하 맞아 이거구나." 하는 밝은 느낌이 떠올랐고(정확한 표현은 아니다. 지금 생각하니 그랬다 할 뿐이다) 생각하기 전 그 자리를 보게 된 것이다.

생각하기 전 그 자리를 형상으로 보고자 하면 볼 수가 없다. 왜냐하면 형상이 떠올랐다는 것은 이미 생각했다는 것이고 생각하기 전 그 자리를 벌써 지나쳐 버렸기 때문이다. 그 자리는 오직 생각하기 전에만 볼 수 있을 뿐인 것이다.

견성을 한 자들의 첫 반응 중 하나가 '이것뿐인가?'이다. 견성을 하고 나면 붓다처럼 5안이 생기고 6통신이 열려 한순간에 도사가 될 줄 알았는데 자신의 본성을 본 것이 전부라는 것에 잠시나마 그런 기대와는 너무 다르다는 생각에 실망을 느끼게 하였을 것이다.

견성하기 위하여 그토록 절실히 그리고 간절한 마음으로 찾아다니다 얻은 것이기에 잠시 실망도 일어났지만 견성을 하고 안 하고는 그 차이가 하늘과 땅 차이다.

1981년부터 마음공부를 해 오던 나로서는 인생 일대사가 해결되었다고 생각하니 이게 꿈인가 싶을 만큼 너무 너무 기뻤고, 환희에 가득 찬 내 모습을 보게 되었다.

견성을 하고 나니 세상을 다 가졌다는 생각에 가슴이 뿌듯하고 세상 어느 것 하나 부러울 것이 없다. 그리고 견성 이후로는 오고 가는 온갖 잡된 생각들부터 걸림이 없는 자유인이 되었다.

수행자들을 괴롭히는 것 중 하나가 봄날 잡초가 자라나듯 시도 때도 없이 떠오르는 잡념들이다. 견성한 후 그런 잡념들로부터 자유로워졌는데, 이것은 아마도 견성해야 한다는 강박감으로 인해 잡념에 더 집착하였기 때문이지 싶다.

견성을 한 이후에는 눈을 감고 명상을 하고 있노라면 떠오르는 잡념의 수가 견성 전이나 별반 큰 차이는 없지만 그물에 걸리지 않은 바람처럼 잡념들이 그저 그냥 스치고 지나갈 뿐이다.

16
선문답

백운 큰스님과 불제자 여럿이 모여 담소하다가 열반과 해탈에 관한 이야기가 나오자 큰스님이 보살에게 열반이 무엇인가요 하고 질문하니 보살이 "스님이 들고 있는 물병입니다."라고 선문답을 하자, 큰스님께서는 적절하지 않은 선문답이라고 하였다.

보살이 "그럼 큰스님께서 열반에 대해 말씀해 주세요." 하니 큰스님은 들고 있던 물병을 손에 잡은 채로 물병을 얼굴에 대고는 빙그레 웃고만 있으니 보살들이 의아해하면서 무슨 뜻인지 큰스님께 물었다.

큰스님 말씀하시길, "우리가 지금 열반에 살고 있으면서 열반이 무엇인지 묻는 그 순간에 분별하는 마음에 의해 열반이 깨져 버렸습니다."라고 하자 보살들은 더욱 궁금해하는 표정이 되었고, 자연스럽게 큰스님의 법문이 시작되었다.

우리가 동쪽이라고 말하는 순간 동서남북이 생겨나듯이 한 법을 세우게 되면 수많은 상이 만들어지고 그 상들을 따라 삶을 살게 되니 결국엔 나의 삶이 아니라 내가 만든 헛된 상을 진실이라고 믿고 살아갈 뿐이다.

분별심이 없을 땐 열반에 그냥 살지만 열반이 무엇이냐고 하는 순간 분별된 생각이 일어난 동시에 헛된 상을 만들고, 만들어진 상으로서 부터 열반을 보자 하니 벌써 열반과는 멀어져도 한참 멀어져 버린다는 것이다.

이 말을 들은 보살 중 일부는 이해하고 일부는 이것이 무엇을 의미하는지 모르겠다는 표정을 지었다. 그래서 백운 큰스님은 "만법이 한곳에서 나오고 일체의 법이 한곳으로 돌아간다는 말이 무슨 뜻인가요?"하고 진지하게 물었지만 답하는 자가 없었다.

백운 큰스님께서는 당신이 묻고 당신이 답함에 어색한지 온화한 웃음을 지으면서 모든 법이 자신의 본성에서 비롯되었고 분별하는 마음을 갖지 않으면 일체의 법이 하나로 돌아간다고 하였다.

결국,
그 자리에 있던 모든 보살들은 견성을 하지 않고는 넘을 수 없는 이해의 벽이 있음을 느끼게 되었다.

중국 불교

불교가 중국을 거치지 않고 인도에서 해상을 통하여 바로 우리나라로 전해졌다면 우리가 불교를 이해하기가 그만큼 더 쉬웠을 것이다. 왜냐하면 불교가 중국으로 전해진 이후로 노자, 장자 사상이 덧붙여지고 한문으로 포장되어 우리나라에 전해지게 됨으로 불교가 그만큼 더 난해한 종교가 되었기 때문이다.

붓다가 50년 동안 설법을 하였지만 설법을 들은 불제자들 중 붓다의 설법을 이해하지 못한 자는 없었다. 그런데 불교가 중국을 거쳐 들어오는 통에 황사와 미소 먼지를 듬뿍 묻혀 우리나라에 안착하게 되었다. 그 결과 선문답이네 화두네 하면서 우리말로 하는 스님의 법문을 불제자조차 알아듣기 힘들어하는데 속세에 사는 우리 중생들이야 말하여 무엇 하겠는가?

2500년 전으로 돌아가 불제자가 되어, 붓다의 설법을 듣고 있는 군중 속의 자신을 상상해 보라. 붓다의 설법이 마치 자신을 위해 설법하는 것처럼 귀에 쏙쏙 들어오고 있는 것 같지 않은가?

붓다의 가르침은 단순하였고 붓다의 설법을 들은 수많은 제자들이 그 자리에서 깨달음을 얻었다. 그런데 오늘날엔 우리나라의 조실 스님, 종정, 큰스님, 대종사 등으로 호칭 받는 스님들 중 설법으로 제자들을 그 자리에서 깨닫게 하는 스님들이 많지 않고, 이들보다는 명성이 덜 알려진 산사의 고승들에 의해 깨달음을 얻은 경우가 더 많은 것 같다.

우리나라 불교계에서 한자리하고 있는 스님들 중에서 자신과 독대하여 문답을 통하여 제자를 깨닫게 하였다는 스님들을 본 적 있는가? 우리에게 널리 알려진 경허선사, 성철 스님조차 그리하지 못했다.

붓다 이후 달마대사가 혜가 스님에게 문답으로 깨닫게 했고 홍인대사가 혜능 스님을 밤중에 금강경을 통하여 깨달음을 점검하였고 그 후 마조선사, 조주선사 등 수많은 선사들이 제자와 독대하여 문답으로 견성하도록 하였다.

이에 비해 우리나라에서는 무자나 이 머꼬? 하는 등의 화두를 들고 참선하여 화두가 익어 가다 확 터지는 순간 견성할 수 있으니 각자 용맹전진하기 바란다. 하는 말로 대신하고 있다. 그 결과 견성한 수행자는 몇 되지 않고, 이로 인해 견성한다는 것이 하늘에 별 따기보다 더 어렵구나 하는 생각을 갖게 만들었다.

견성이 어려운 것은 견성하도록 안내하는 방법에 문제가 있을 수도 있을 것이다. 옛 조사들이 세수하다 코 만지기보다 더 쉽다고 한 견성을 하늘의 별따기보다 더 어렵게 만든 원인 중에는 선문답이니 다름없는 화두참선이 하나의 원인이 될 수도 있지 않을까 한다.

붓다는 '와서 보라. 누구나 다 깨칠 수 있다.'라고 하였고, 숨겨 놓은 것이 아무것도 없다면서 손바닥을 펴 보였는데, 불교가 중국에 들어와 노자 장자 사상이 스며들었고 이로 인하여 선문답들이 생겨났을 것이며, 그 당시에 중국은 늘어난 불자들을 선지식인들이 이들 모두를 독대하기가 힘들어 수행자들에게 화두를 주고 집단으로 지도하게 되다 보니 결국 견성을 하기가 그만큼 어렵게 되지 않았나 싶다.

중국에서도 불교 탄압이 있었고 그 영향으로 불제자들이 줄어들면서 화두참선이 사라지게 되었음에도 불구하고 우리나라에는 전 세계 어디에도 없는 선수행법이라고 자랑까지 하면서 유지하고 있지만, 시대상황적으로 볼 때 현재 상황에는 맞지 않은 수행법이라고 비판하는 자들이 많아지고 있다.

그래서 지금이라도 견성하길 원하는 수행자는 자리를 털고 일어나 직지인심으로 깨치도록 해 줄 선지식인을 찾아보라고 권하고 싶다.

다른 한편으로 생각해 보면, 화두참선의 창시자인 대혜선사는 깨달은 스님이고, 깨달은 스님이 제자들에게 화두 참선을 하도록 한 것에는 이유가 있을 것인데, 그게 무엇일까 하다가 내 나름대로 아하 하는 깨침이 일어났다.

화두를 들고 참선을 하다 보면 온갖 망상이 떠오르고 그 망상 속에서 헤어나질 못하는데 그 헤어나지 못하고 있는 놈이 누구인가? 그 누구인가를 아는 것, 이것이 바로 화두 참선의 묘미가 아닐까 하고 생각해 보았다.

'부모에게 나기 전에 어떤 것이 참나인가?'라는 화두를 들었을 때 참나가 무엇인가에 집착하면 견성할 수 없다. 이 화두를 들고 망상에 집착하는 그 놈이 누구인가를 깨치는 것이 견성이다. 이런 차원에서 볼 때에 화두참선 또한 의미가 없다곤 할 순 없는 것이다.

18
고향

어린 나이에 길을 잃어 집을 찾지 못하고 서울로 올라와 고아로 살다가, 노인이 된 이후에 고향을 찾아보고 싶어 철길 옆에서 살았다는 희미한 기억을 떠올리면서 시간이 날 때마다 기차를 타고 창가에 스쳐지나가는 시골 마을 중 끌림이 있는 몇 군데를 발견한 후 승용차로 가 보았지만 거기가 고향이라는 확실한 믿음이 일어나지는 않았다는 신문 칼럼을 본 적이 있다.

견성이란 이와 같이 잃어버린 자신의 고향을 찾는 것이다. 그러나 위에서처럼 희미한 기억으로 찾는 것이 아니라 자신의 고향으로 안내해 줄 수 있는 안내자인 선지식인을 만나야 한다.

고향을 찾아가도록 길 안내를 할 수 있는 자는 그 길을 알고 있는 선지식인만이 할 수 있다. 그리고 선지식인의 도움으로 고향을 찾게 되면 두 번 다시 고향을 찾기 위한 노력을 할 필요가 없다. 왜냐하면 바보가 아닌 이상 한번 찾은 고향을 또 잃어버릴 순 없기 때문이다.

그럼에도 불구하고 깨달았다가 세월이 지난 후 한번 더 크게 깨달았다는 자가 있다고 하는데, 내 생각에는 이런 수행자는 고향이 아닌 곳을 고향으로 잘못 알고 지내다가 후일 진짜 고향을 찾은 것이 아닐까 한다.

무슨 말인고 하면 견성은 한번이면 족할 뿐이다. 그런데 깨친 후 더 큰 깨침이 일어났다고 하는 말은 수행자들로 하여금 견성에 대하여 잘못된 상을 만들게 하고, 이러한 헛된 상으로 말미암아 수행자들이 견성하는 것을 더욱 어렵도록 하지 않았나 싶다.

내 경험으로 볼 때 견성을 한번 한 이후에는 눈만 감아도 그 길을 찾아갈 수 있다. 그런데 이미 고향에 와 있으면서 고향을 찾아 다시 고향을 떠나는 그런 바보짓을 군이 할 사람이 어디 있겠는가?

19

망상

공안들은 헛된 망상을 일으키고 있는 나를 만나게 하여 생각하기 전 그 자리, 분별하지 않은 그 자리인 고향으로 돌아가도록 하고 있다.

공안을 풀어야 한다는 그 생각에 붙잡혀 이런저런 온갖 망상을 일으키고 있는 그놈이 누구인가를 알아차리면 공안은 이미 바닷가에 던져진 물고기처럼 생명력을 잃고 마는 것이다,

현상을 실상이라고 생각하고 그 생각을 따라 피어오르는 망상에 끌려 괴로워하는데 이것은 생긴 것은 모두가 변해 갔다는 붓다의 일체무상을 모르기 때문이다.

깨어 있음은 견성의 문 앞이다. 화두참선 중 시각적이든 청각적이든 촉감으로든 이상한 또는 신비스럽게 또는 이유를 알 수 없는 그 어떤 현상 또는 느낌, 이런 것들은 견성과는 아무런 관계가 없는 허상이요 망상이요

착각에 불과할 뿐이다. 왜냐하면 견성은 새로 생겨나거나 없어지는 것이
아니기 때문이다.

20

견성 체험기

견성을 하고 나면 어떤 느낌일까?

나의 경우에는 이 또한 한마디로 표현해 낼 방법이 없다. 다만 지금 여기서 찾아보면, 몇몇 느낌이 떠오르긴 하지만, 이것 역시 시간이 지나가면 그때그때에 따라 또 다른 느낌으로 대체되지 싶다.

견성을 체험하고 15일이 지난 지금 이 자리에서 그때의 나의 느낌을 되짚어 보면 백운 큰스님을 독대하고 설법을 들으면서 "아 그래 맞아! 바로 이거구나! 스님 알았어요."라는 생각이 들었고, 머릿속으로는 백열전등이 획 켜지는 그러한 밝은 느낌으로 가득하였고, 이것이 견성이구나 하는 것을 알아챘다. 그리고 알았다는 느낌에의 환희로 일어나 춤이라도 추고 싶었지만 쑥스러워 그리 하지는 못했다.

견성 후 15일이 지난 지금 이 순간의 느낌들을 잡아 보니 외롭고 허전하고 무엇인지는 분명하지 않은 텅 빈 공간 속에 나 홀로 남겨졌다는 허한 느낌이 든다. 이와 반면에 먼 길을 떠났다가 오랜 시간이 지난 후 나 혼자 추억 가득한 고향에 돌아와 편히 쉬고 있다는 편안함과 안도감으로 입가에 미소가 느껴지는 그런 기분이다.

내가 견성했다 하고 소리쳐도 처자식은 말할 것도 없고 수행하는 수행 자들조차 시큰둥하게 그래요? 할 뿐이다. 이런 느낌을 공이라 해도 될지 모르겠다. 텅 빈 것 같고 가득 차 있는 것 같기도 한 이 느낌,

다이아몬드를 찾기 위하여 아프리카로 가서 수십 년 고생 끝에 주먹만 한 다이아몬드를 찾아 들고 왔다면 처자식뿐만 아니라 신문에도 나겠지 만 그보다 천 배, 만 배 더 빛나는 견성을 체험하였건만 오직 나만이 느끼 는 행복이요, 기쁨일 뿐이라는 데 오는 허전함이랄까?

1억 원을 모으기 위하여 배고픔도 참고 구두쇠라고 욕먹어 가면서 목 적지를 향해 나아가다가 막상 1억 원을 모았을 때 오는 허전한 그 기분이 랄까?

일생일대의 숙제로 알고 짊어지고 가던 짐을 목적지에 도달하여 내려 놓았을 때의 시원함보다는 먼지 모르게 괜히 찾아오는 허전함과 이것뿐 인가 하는 아쉬움도 없진 않다.

그러나 세월이 지나 내 자신이 그만큼 더 익어진 그때, 내가 체험한 견 성에 관하여 다시 뒤돌아본다면 아마도 지금과 또 다른 느낌이 들 것이다.

21

스님께 삼배

삶이란,

흐르는 강물 위에 떨어진 낙엽에 겨우 올라탄 한 마리의 벌레일까? 만약 그렇다면 이 상황에서 땅으로 가기 위해 몸부림치는 것이 좋을까 아님흐름에 맡겨 버릴 것인가?

나는 시골에서 태어났다.

시골에서의 좋았던 추억들 중 지금도 불쑥 떠오르는 것 중 하나가 흙으로 만든 나지막한 초가지붕 위에 누워 늦가을의 푸른 하늘을 바라보는 것이 좋았고 새 볏짚으로 단장된 지붕에 누워 풍겨 오는 볏짚냄새를 나 홀로 맡는 것이 너무 좋았다.

세월이 지난 후,

혼자 지붕 위에 누워 있던 내 모습이 떠올라 오면, 나는 왜 그때 그리 함이 좋았을까 하고 나 자신에게 물어보아도 답은 없다.

고등학교 교련 시간에 교련 선생님께서 모난 돌이 정을 맞는다고 하면서 애정의 표시인지 모르지만 구리로 만든 남성형의 반지를 나에게 주었다.

그 후,
대학 1학년 때 논리학 시간에 논리학 교수가 '나와 연결된 모든 끈을 끊어 버리면 무엇으로 나를 나라고 증명할 수 있을 것인가?'하고 선문답하듯이 질문을 던지고는 종강하였다.

대학 졸업 후,
첫 직장이 청송 제1감호소였다. 그곳에서 교도관으로서 별난 인생살이를 하던 재소자들과 함께했던 시간들이 나의 삶에 소중한 기억으로 깊게 자리 잡고 있다.

어느 날,
한 수인이 군에서 중대장으로 근무 중 자신의 중대가 지키던 철책을 뚫고 간첩이 빠져나간 사건으로 불명에 제대하여 트럭 운전사로 일하다가 오산휴게소에서 다른 운전기사들과 노름을 하여 돈을 다 잃고 시골 농작물을 훔치다 잡혔고, 형을 살고 나가서도 또 훔치는 짓을 반복하다 이곳에 오게 되었다면서 여기보단 소년원에서 어린 비행소년들을 교화하는 것이 더 좋지 않겠나 하는 말에 혼신의 노력으로 시험에 합격하고 소년원에 발령 받아 상담교사로 어린 비행소년들을 상담하였고, 50살 때 새로운 삶에 대한 갈애로 사표를 내고 조그만 식당을 열었는데 식사하러 온 지인으로부터 한국 불교대학을 알게 되었고, 그곳을 2년 다닌 후 수련장을 받았다.

수련 후,
함께했던 도반도 없고 다리가 아파서 법문 들으러 가는 것을 그만두었지만 배움에 대한 갈망으로 YouTube를 통해 스님들과 거사들, 깨우친 비종교인들의 법문을 듣던 중에 우연히 혜암 선생의 강의를 듣게 되었다. 혜암 선생의 강의 내용은 주로 견성에 초점을 두고 있으며, 자신이 견성했듯이 누구라도 견성할 수 있다는 말에 나도 발심을 하게 되었고, 그때부터 견성을 위한 방법을 찾기 시작하였다.

그 결과,
시절 인연으로 내 평생 처음으로 스님께 삼배를 하는 경험을 갖게 해주신 백운 큰스님으로부터 직지인심으로 견성을 하게 되었다.

견성을 뒤돌아 볼 때,
'줄탁동시'라는 것이 이런 것을 말하는구나 하는 생각이 들게 하였다. 견성을 하고 싶다는 마음이 절박하고 간절했던 그 순간에 큰스님을 만났고 큰스님이 그 자리를 알고 툭 쳐 주니 나는 한 마리의 병아리가 되어 밖으로 쏙 나오게 된 것이다.
나를 눈뜨게 해 주신 백운 큰스님
정말 고맙습니다(삼배를 올립니다).

22

계송

견성은 나의 고향으로 돌아온 것이요

깨달음은 익어 가는 내 삶의 여정이다.

고향에 있던 큰 그릇에 지혜 가득 담으니

어찌 익어 가는 내가 내 아닐 수 있겠는가

몸은 보리(지혜)수라는 나무요

마음은 맑은 거울의 바탕이로다.

언제나 부지런히 닦고 닦아서

먼지가 끼지 않도록 해야겠네.

보리는 원래 나무가 아니요

밝은 거울 역시 있을 수 없다.

본래 아무것도 없으니

어디서 먼지를 닦을 것인가

가장 위의 글은 내가 지었고, 아래 두 글은 육조단경에 나오는 게송이다. 하나는 신수대사의 게송, 또 하나는 혜능의 게송으로 알려져 있다.

견성을 체험한 눈으로 보면 신수의 게송은 견성을 체험하지 못한 게송임을 단박에 알 수 있다. 홍인대사도 벽에 붙어 있는 신수의 게송을 보고는 불성을 표현하는 데는 부족하다고 평하였다.

백록담을 가 본 자가 말하는 것과 직접 보지 않고 들어서 알고 있는 자가 백록담을 말하는 것을 백록담을 가 보지 않은 제삼자가 들을 때는 가보지 않고 말하는 자의 말을 믿을지는 몰라도 백록담에 가 본 또 다른 자에게는 가 보지 않고 말하는 자의 말에서 맞지 않은 것이 있다는 것을 단박에 지적해 낼 수 있을 것이다.

23

헛된 믿음

어릴 때 어리석은 생각으로 집을 뛰쳐나와 정신없이 걷다 길을 잃어 타향에서 한 생을 살아가다가 어느 순간 죽음에 다다르고 있음을 느끼게 되자 태어난 곳에 대한 향수가 일어났다.

희미한 기억을 더듬어 인생을 되돌아보면서 고향 가는 길을 따라 가다가 정이 가는 곳을 발견하고 그곳을 고향으로 알고 마음 주고 살아가는데, 시간이 갈수록 고향이 나에게 푸근한 정을 주는 것이 아니라 내 자신이 고향에 정을 주려고 애쓰고 있고 이것은 마치 내 몸에 맞지 않은 옷임에도 불구하고 옷이 탐나 내 몸을 옷에 맞추려고 애쓰는 것과 같은 어색함이 점점 커지고 있음을 느끼게 되는 것과 같은 것이다.

오랜 시간 뒤에 찾은 고향이라 처음에는 어색하지만 시간이 지나면 익숙해질 것이라고 믿고 자신을 여기에 적응시키면서 살아가던 중, 어느 날 나무하러 지게를 지고 평소보다 좀 더 깊은 산속으로 들어갔는데 그곳에 아주 오래전에 어떤 이가 살다가 버려 둔 초라한 집을 발견하고 그리로 갔더니 알 수 없는 어떤 끌림이 있었고 이곳에서 풍기는 느낌이 마치 그 옛날 엄마 품에 안겼던 그런 느낌을 받게 되자 여기가 바로 나의 고향이구나 하고 단박에 알아차렸다.

견성을 함에 있어서도 공부의 깊이가 더해지기 시작하면 어느 순간에 이런저런 느낌이나 알 수 없는 형상들이 눈앞에 보였다 사라지곤 하여, 이것이 깨달음의 징조인가 하는 망상을 갖게 되고 이러한 허상이 반복되어 보다 뚜렷해질수록 헛된 믿음이 강해지고 결국에는 맞구나 하는 믿음 속에 빠지게 되는 것이다.

헛된 믿음으로 나는 깨달았다는 생각에 우쭐하여 세상 이치를 다 알고 있다는 믿음을 갖고 살아가다 뭔가 말로 표현되지 않은 앎에 대한 어떤 찌꺼기가 계속 모인다는 것이 느껴지게 되면서부터 내가 알았다는 것이 안 것이 아니라는 것을 알게 된다고 한다.

자신의 앎이 헛된 생각에 의해 만들어진 상이라는 것을 알아차릴 때 새로운 깨달음이 일어나고 이로 인해 자신이 편안함이 느껴졌다면 자신의 고향에 돌아온 것이다. 고향에 돌아왔다는 것도 이름 하여 그렇다는 것이다.

작은 깨달음을 얻었고 그 후 더 큰 깨달음을 얻었다고 말하는 수행자들은 어쩌면 고향이 아닌 곳을 자신의 고향이라고 믿고 있다가 수행이 더 깊어진 나중에 진짜 고향을 찾은 것은 아닐까 하는 생각이다.

24

부처도 조사도
죽여라

부처를 만나면 부처를 죽이고
조사를 만나면 조사를 죽여라.

이 말이 무슨 뜻인지 살펴보면 떠오르는 망상을 없애라 또는 잡념에 빠지지 말라는 것 같은데 왜 상스럽게 죽이라는 표현을 하였을까?

무슨 이런 험한 말을 하지라고 생각했지만 깨닫고 보니 이보다 더 적절한 표현은 없겠다 싶다. '죽었다.'하는 말은 '열반에 들었다.'로 표현하는데 결국 열반에 들기 위해서는 죽어야 한다는 것이다.

부처를 만나면 부처를 죽이고 조사를 만나면 조사를 죽여야만이 망상에서 벗어나 생각하기 이전의 그 자리로 돌아갈 수가 있다는 것이다. 부처를 만나면 경배하고 조사를 만나 배움을 얻게 되면 본성을 찾는 것과는 다른 길인 분별심의 길로 갈 뿐이다.

부처도 죽이고 조사도 죽였을 때 텅 빈 공을 체험하고, 그 텅 빈 속에서 별처럼 반짝이는 자신의 참나를 볼 수 있는 것이다,

참나란 형체로 눈에 보이는 것이 아니라 조건이 형성되면 결과로 나타나고, 조건이 없으면 나타남이 없이 언제나 늘 그 자리에서 여여하고 있을 뿐이다.

25

본래 면목

세수하다 코 만지기보다 더 쉽다고 하는 견성이 오늘날 하늘의 별따기 보다 더 어려워진 것은 이런저런 이유들이 있겠지만, 그중 하나가 이름 붙이기가 잘못되었기 때문이 아닐까 한다. 그 대표적인 이름이 견성과 깨달음이다. 견성의 다른 이름으로 본성 또는 참나라고 부르는데, 이는 이름이 이름일 뿐이다.

붓다 생전에는 붓다의 설법을 듣고 견성했다는 이야기가 차고 넘친다. 그 예로 5비구를 찾아가 설법하여 견성할 수 있도록 하였고, 당신의 아들 라훌라 또한 설법을 통해 깨치게 하였다. 죽은 아들을 살려 달라는 여인 에게 겨자 씨앗을 얻어 오도록 하여 자신을 깨우치게 하였다.

불교가 중국으로 전파된 이후에도 달마는 그의 제자 혜가에게 아픈 마 음을 보여 달라는 말에 혜가가 견성을 하였고, 그 후 마조선사, 조주선사 들이 문답을 하면서 많은 수행자들이 견성할 수 있도록 하였다.

혜능이 홍인대사로부터 의발을 전수받고는 밤중에 몰래 도망쳐 나오다가 대유령 고개에서 뒤따라온 혜명과 직접 마주치자, 혜능은 의발을 바위 위에 올려놓고 가져가라고 했지만 혜명이 이를 들려고 해도 들 수가 없자 부처님의 뜻인 줄 알고 혜능에게 법을 청하였다.

일체의 인연을 모두 끊어
일체의 생각이 일어나지 않으니
선도 생각하지 않고 악도 생각하지 않는다.
이때 너의 본래 면목은 무엇인가?
혜능의 이 설법에 혜명은 견성을 하였다고 한다.

위의 사례들에서 보듯이 견성이 그렇게 어렵지 않다는 생각을 갖게 한다. 하지만 혜명이 의발이 든 봇짐을 들려고 하는데 들리지 않았다고 하는 것은 견성을 하면 신비로운 재능을 갖게 될 것이라는 그릇된 믿음을 갖게 할 수 있는 사례가 될 수 있을 것이다.

이러한 사례와 같이 견성을 하면 5안이 열리고 6신통이 생기는 것처럼 망상적으로 생각하고 또 비행기를 조종할 수 있거나 한자를 모르는 자가 한문책을 줄줄 읽을 수 있을 것이라는 헛된 상을 갖고 있다면, 그런 자는 순수함이 없기에 견성하기는 더 어려울 것이다.

견성은 자기의 본래 성품을 본다는 것인데, 형체가 없는 것을 본다는 것이 불가능함에도 불구하고 생각하기 이전의 자리에서 분명 있기에 보는 것 또한 가능하다.

본성은 생각하기 이전의 자리에 있기 때문에 형체로나 관념적인 모양으로 보고자 한다면 이미 늦었다. 이것은 기차를 타고 가다 어느 시골 마을이 창가에 스치고 지나가는 것을 보는 것이 생각 전이라고 한다면, 그 마을이 정답다하는 생각이 들었을 때는 이미 이것은 상으로 보는 것이 되어 생각 후가 되어 버리는 것이다.

견성이란 자기 성품을 보는 것이지 깨달음을 얻는 것이 아니다. 견성과 깨달음은 내 안에 있는 것과 밖에서도 가져올 수도 있다는 것과의 차이다. 물론 내 안의 것을 끄집어내는 것도 깨달음에 포함시킬 수 있지만 견성은 오직 내 안에만 있을 뿐이다.

견성은 자기 본성을 보는 것이라면 깨달음은 지혜를 얻는 것이다. 그리고 본성은 늘 그 자리에서 완전하고 온전하여 더하고 뺄 것이 없음에도 불구하고 지혜를 얻겠다고 하는 것은 아직 습이 남아 있기 때문이다.

견성은 참나 혹은 자신의 본성을 보는 것이고, 깨달음은 견성을 한 후 그 위에 집을 짓는 것이라 할 수 있을 것이다. 하지만 견성을 하지 않고는 모래 위에 성을 쌓은 것이나 다름없기 때문에 수행을 하기 위해서는 견성을 해야 하며, 견성은 공부의 시작이며, 더 이상 깨달을 게 없는 시점이 수행의 끝이 될 것이다.

수행

붓다는 생로병사에서 비롯되는 괴로움에서 벗어나기 위한 방법을 찾고자 수행의 길로 나섰다.

나침판도 없이 항해하는 것처럼 어디로 가서 누구를 만나야 할지를 알수 없어, 처음에는 그저 이름난 명상 수행자를 만나 그의 가르침을 따라깊은 명상에 잠겨 보았지만, 괴로움을 멈출 수 있는 것은 그때뿐이었다.

붓다는 마약을 먹고 황홀감에 빠져 있다가 약효가 떨어지면 원 위치로돌아올 뿐 근본적인 해결책이 못 된다는 것을 알고는 몸을 혹사하는 극도의 고행을 해 보았으나 이 또한 괴로움에서 해방되지 못함을 알고 낙담에빠졌다.

붓다는 어찌할 바를 몰라 심신이 지쳐 있을 때, 어린 시절 나무 그늘 아래에서 무심히 앉아 있었던 생각이 떠올랐고 그때가 가장 편하고 행복했었다는 생각에 이르자 보리수 아래로 가서 어린 그 시절을 회상해 보았다.

궁궐을 떠나기 전의 모습에서 과거로의 추억을 더듬어 가다가 자기를 낳고 떠난 모친에 대한 그리움을 지나 더 어린 시절로 내려가서 부모에게 태어나기 전 나는 무엇인가에 생각이 멈추는 순간 견성을 체험하게 되었다.

붓다는 견성을 체험하고 생로병사에서 벗어났다. 붓다는 깨닫고 보니 우주는 당신이 만들었고 태어남이 없으니 죽음 또한 없는 것이라 괴로워할 것도 없음을 알았다.

참나는 온 적도 없고 간 적도 없으며, 누가 주거나 뺏어 갈 수도 없이 언제나 늘 그 자리에 있고, 보고, 듣고, 냄새 맡고, 맛보고, 감촉하고, 생각하는 이 모든 것들이 어리석은 한 생각이 만든 헛된 상임을 깨달은 것이다.

붓다는 자신이 깨달은 것을 전해 주기 위해 보리수 옆을 지나가는 수행자들에게 설법을 했지만 알아듣지 못함을 알고 두 가지 법문을 고안했는데, 하나는 자신의 설법으로 깨닫게 해 주는 것이고 다른 하나는 시절 인연을 만나지 못하여 깨닫지 못한 자들을 위해 법문을 통해 괴로움에서 벗어나는 방법을 가르쳐 주는 것이다.

붓다는 깨닫지 못한 자들이 시절 인연을 만나 깨달을 수 있도록 해 주기 위해 팔만사천법문을 남겨 놓았다. 그러나 팔만사천법문은 달을 가리키는 손가락과 같은 것이라 하였다. 다시 말해 깨닫고 나면 팔만사천법문이 똥 닦은 나뭇잎보다도 더 쓸데가 없는 것이라 하였다. 이는 깨달음을 더 우선시하고 있다는 말이다.

붓다는 깨닫지 못한 자들을 위해 연기법, 사성제, 8정도, 3학 등의 법문을 만들었는데, 이러한 법문들로 인해서 붓다가 만인을 속였다고 말하는 자들도 있지만 이것은 붓다의 참뜻을 몰라서 하는 말이다.

붓다는 깨달은 자들을 위한 법문과 깨달음에 이르지 못한 자들을 가르치기 위한 법문도 만들었는데, 깨달음이 없는 자들의 눈으로 보면 이 두 개의 법문이 서로 모순되어 있는 것으로 보이나, 깨달은 수행자의 눈으로 보면 불이일 뿐이다.

토굴 속에서 10년을 또는 20년 이상의 도를 닦았고 그의 머릿속에 팔만사천법문이 다 기억되어 있다고 자랑을 해도 참나를 보지 못했다면 견성한 수행자의 눈으로 보면 그는 머릿속에 쓰레기만 가득 찬 한 개의 똥자루로 보일 뿐이다.

27

간절함

예수의 뒤로 와서 그의 옷 가에 손을 대니 혈루증이 즉시 그쳤더라(누가복음 8장 44절)

예수께서 이르시되 딸아 네 믿음이 너를 구원하였으니 평안히 가라 하시더라(누가복음 8장 48절)

몸에 피가 빠져 나가는 혈우병에 걸려 주변 사람들에게 멸시와 괄시를 받아 오던 어느 여인이 예수님은 자기의 병을 치료해 줄 것이란 믿음을 갖고 예수님 뒤에서 몰래 옷자락을 잡자 여인의 병이 나았고 예수님은 자신의 몸에서 영적 힘이 빠져나감을 알고 뒤돌아보니 여인이 고마워하고 있었다. 이를 본 예수님은 너의 믿음이 너를 구하였노라 하셨다.

견성을 하고자 함에는 이와 같은 간절함과 절박함 그리고 자신에게 견성을 체험시켜 줄 선지식인에 대한 믿음이 있어야 한다.

인생일대사인 견성은 말로는 세수하다 코 만지기라 하지만, 자신의 병을 낫고자 하는 간절함과 주변의 멸시와 그 멸시로부터 벗어나겠다는 절박함이 있을 때 그리고 시절 인연으로 만난 스승에 대한 절대적인 믿음을 가질 때만이 견성을 체험할 수 있을 것이다.

마음공부를 하는 수행자에겐 견성은 공부의 시작이자 끝이다. 견성이 안 된 상태로 마음 공부하는 것은 밑 빠진 독에 물붓기와 다름없다.

견성함이 없이 불법을 배워 불법대로 삶을 살아가도 사람들로부터 인정받으면서 행복한 삶을 살아갈 수도 있지만, 견성을 하게 되면 내 삶이 불생불멸의 이치를 알게 되어 생로병사의 괴로움에서 벗어나 더 자유로워질 수가 있는 것이다.

당첨되기 위해서 가장 먼저 해야 할 것은
로또복권을 사는 것이다.
견성을 하기 위해서 가장 먼저 해야 할 것은
발심을 하는 것이다.

28

이것뿐인가?

견성을 기준으로 인간을 분류하면 다섯 종류의 인간으로 나눌 수 있다.

견성한 자

견성하고자 노력하는 자

견성하였다고 착각한 자

견성하지 못했음을 알면서도 했다고 하는 자

견성이 무엇인지조차 알지 못하는 자

견성을 했다 해서 즉각 성격이 확 달라진다거나 신통력이 생긴다거나 승진을 하거나 장사가 잘된다는 등의 일상생활에 변화를 보이는 것은 아니다.

견성하기 전의 나와 견성 직후의 나와 달라진 것을 구분하기가 쉽지 않다. 그래서 견성을 체험한 즉시 느끼는 감정으로는 이것뿐인가? 하고 실망스러움을 표하는 사람들이 있다.

백운 큰스님의 말을 빌리면 100명을 견성할 수 있도록 해 주어도 90명 이상은 그 후 공부를 하지 않아 태양이 구름 속에 가려지듯이 견성 전과 다름없는 삶을 살아간다면서, 견성할 수 있도록 길 안내는 해 줄 수 있어도 견성 후의 공부는 본인 자신의 몫일 뿐이라고 하였다.

　　견성한 이후의 삶은 자신의 개인적인 노력으로 깨달음이 깊어질수록 견성하지 못한 자들의 삶과는 질적인 차이가 있다.

　　견성을 한 자들의 공통된 이야기들을 들어 보면, 견성하기 전까지는 일상생활이 꿈과 같은 현상이나 견성하고 보면 다시 실상이라고 한다. 즉, 견성하지 못한 자들은 꿈과 같은 이 현상세계를 실상세계로 알고 살지만 견성을 한 후에는 이 현상세계가 다시 실상세계가 된다는 것이다. 이 말은 견성한 자만이 알 수 있을 뿐 그러지 못한 자들은 비록 설명해 주어도 머리로 이해는 할 수 있을지라도 가슴으로 체험될 수는 없지 싶다.

　　견성한 자는 태어나고 죽고 하는 윤회가 없음을 알기에 생로병사의 괴로움에서 벗어나게 된다. 즉, 견성한 자는 자신이 살고 있는 일상세계가 파도가 쳐서 튀어 오르는 한 톨의 물방울과 같다는 것이다.

　　한 생각이 사라지면 한 생애도 없어지며, 또 다른 생각에 다른 한 생이 다시 시작되었으니 윤회란 한 생각에서 다른 한 생각으로 옮겨 갈 뿐이다.

　　견성을 체험한 자가 분별하지 않고 바라보면 이 세계는 둘이 아님을 안다. 그러나 분별하고 보게 되면 하나로 보이지 않는다. 그래서 불이라 한다.

견성을 한 후부터 공부가 잘된다. 정말 신통하다. 큰스님들의 법문이 귀에 쏙쏙 들어온다. 이해가 너무 잘된다. 그렇다고 기억까지 잘되는 것은 아니다. 나이 탓인지 몰라도 기억은 더 안 되는 것 같다.

견성을 하니 세상을 보는 관점이 달라졌다. 화나고 짜증나고 분노감이 폭발하는 것은 견성 전과 별반 차이가 없다. 그러나 감정이 폭발되더라도 지금 내가 화내고 있음을 알고 그만하자고 하면 쉽게 멈출 수 있다.

천상천하 유아독존이다. 즉, 우주 속에 내가 있는 것이 아니라 내가 우주를 창조하였고 이 우주엔 나만 존재할 뿐이며 내가 있어야 우주가 존재하고, 내가 없음 우주도 사라진다.

견성을 체험하지 못한 자들에게 이런 말들을 하면 미친 자로 취급받을 가능성이 매우 높기 때문에 함부로 말하지 않은 것이 좋겠다.

29

아상

견성하길 원하는가?

그렇다면 발심하라.

그리고 줄탁동시가 될 때를 기다려라.

최면사가 최면을 걸 때 최면에 잘 걸리는 자가 있고 최면에 잘 걸리지 않은 자도 있다. 최면에 얼마나 잘 걸리는지를 측정하는 것을 감응도라고 한다.

내가 제주도에 살 때 최면 전생 상담사에게서 최면을 배울 때, 그 최면사는 의심이 많거나(머리가 좋거나) 심리상담 등 영적인 학문을 하는 자는 감응도가 떨어진다면서 최면에 잘 걸리지 않은 나를 위로해 주던 것이 생각난다.

최면과 꿈을 비교하면 깨고 나서 머리에 남은 잔상들이, 꿈이 흑백영상이라면 최면은 컬러영상이라고 해서 직접 체험해 보고자 최면사가 나에게 여러 번 최면을 걸어 주었지만 내 자신이 감응도가 낮아 내가 최면을 다 배울 때까지 나에겐 그런 기회가 오지 않았다.

인간에게는 4상이 있는데 그중 아상은 스스로 잘난 척하거나, 똑똑한 척하거나, 아는 척하거나, 있는 척하는 것은 모두 자기를 내세우고 남을 멸시하는 태도를 말하는 것이니, 이는 자기에게 집착하여 진리에 어긋나는 행위를 하는 것을 말한다.

아상을 좋게 말하면 자아가 강하다고 말하겠지만, 나쁘게 말하면 자신의 굴레에서 벗어나지 못하니 어리석음이 크다 할 것이다. 또한 아상에 집착하면 탐욕이 생기고 시기와 질투심으로 남과 자주 부딪치게 된다.

견성을 하게 되면 신기하게도 시간이 갈수록 아성이 점점 약해져 감이 느껴진다. 즉, 나란 것에 집착함이 약해지니 시시비비에 휘말리는 것을 스스로 피하고 화가 나거나 분노가 폭발해도 쉽게 사그라질 수가 있게 된다. 한마디로 표현하면 도사가 되어 가는 중이라는 것이다.

최면에 잘 걸리지 않은 데에는 그 나름의 이유가 있듯이, 수없는 노력과 수많은 세월을 보내고도 견성을 체험하지 못한 수행자에겐 이런저런 이유들이 많겠지만 그중 하나가 아상이 너무 강한 때문이 아닐까 하는 생각이다.

아상은 아무리 의식적으로 없애려고 해도 쉬운 일이 아닐뿐더러 없애려고 하면 할수록 더욱 더 강해진다. 그러나 타인을 이해하고 존중하는 마음을 가지게 되면 아성은 슬그머니 사라지게 된다.

아상을 내려놓기 위해서는 아상이 아닌 공으로 돌아가야 한다. 즉, 아상에 갇혀 분별하는 마음으로 좋다, 나쁘다, 옳다, 그르다 등으로 세상을 판단할 것이 아니라 보고, 듣고, 느끼는 그 자체를 분별하기 이전의 마음으로 받아들여야 할 것이다.

그물에 걸리지 않은 바람처럼
아상에 걸리지 않은 영혼처럼
자신을 스스로 자유롭게 할 때
본성은 말없이 드러날 것이다.

30

참나 체험해 보기

견성하겠다는 발심을 세웠는가?

견성하고자 하는 마음이 절실한가?

견성하고자 하는 마음이 절박한가?

이 글 속에서 참나 체험을 할 수 있다는 믿음이 있는가?

그러하다면 이제 참나 체험을 시작해 보자.

다시 한번 더 강조하는데

발심도 하지 않았고

이 글에 대한 믿음도 없고

절실함과 절박함이 없는 자는

여기서 하차하라.

진정 준비된 자만

이제 출발해 보자.

나는 지금 집 안에 있다고 생각하라.

집 안에 무엇들이 있는가?

집 안에 있는 모든 것(가족, 가구, 등)을 허공에 던져라.

지붕을 허공에 날려 버려라.

벽을 허공에 날려 버려라.

바닥을 허공에 날려 버려라.

이제 다 날아가고 허공에 홀로 떠 있는 자신을 보라.

그런데

허공에 떠 있는 나 자신을 보고 있는 그 무엇이 보이는가?

보인다면 그것이 참나이다.

허공에 내가 떠 있다는 것을 아는 자

그 자가 참나이다.

보인다고 한 것은 표현하자니 그렇다는 것일 뿐이다

참나는 조건이 일어나면 작용하고 조건이 일어나지 않으면 작용도 없어 보이지 않는다.

참나는 나와 늘 같이하고 한 번도 나를 떠난 적이 없다.

누가 나를 부르면 예라고 답하는 그것이 바로 참나이다.

참나를 상으로 만들어 모양으로 보는 것이 아니다

참나는 부르면 작용하고 조건이 없음 작용하지 않는다.

참나를 보았는가?

참나를 찾았는가?

보았다고 표현하든

찾았다고 표현하든

참나가 거기 있음을 알았으면 된 것이다.

참나를 보지 못했다면 이 글과 시절 인연이 맞지 않았을 뿐이다.

글로써 안내할 수 있는 것은 여기까지이지만 참나를 알아 가는데 한발 더 앞으로 오게는 하였지 싶다. 후일 인연 있는 선지식인을 만나 참나를 보게 될 때 이 글이 조금이나마 도움이 되었음 좋겠다.

31

생로병사

나의 아버지

하실 수만 있으시다면 이 잔을 나에게서 지나가게 해 주세요. 그러나 나의 뜻대로 하지 마시고 아버지 뜻대로 하십시오(마태복음26장 39절)

예수께서는 깊은 밤에 겟세마네 동산에서 홀로 간절히 기도했다. 그러나 그의 제자들은 이러한 예수의 마음을 이해하지 못하고 잠들었을 때, 예수는 이 밤이 지나가면 자신이 십자가에 매달릴 것이고, 그때 군중 속에서 누군가 술잔으로 자신을 희롱하는 모습을 떠올리고는 자신의 뜻보다는 하느님의 뜻대로 하시라고 기도한 것이다.

예수는 자기 자신이 마지막 제물이 되어 아담부터 예수 당신까지의 인간의 모든 죄를 용서받고 또한 당신의 죽음을 통하여 세상의 모든 사람들이 서로 사랑하면서 행복하게 살아가길 바라는 마음에 죽음 속으로 당신을 던진 것이었다.

붓다는 50여 년을 길에서 걸식하면서 인간이면 누구나 겪어야 할 생로병사로 인한 온갖 괴로움을 없애 주기 위해 애쓰다가 돌아가셨다.

예수도 그리하였지만 붓다 역시 세상 사람들로부터 섬김을 받으러 오신 것이 아니다. 붓다는 생로병사의 고통에서 벗어나는 것은 참나를 찾는 것이라는 것을 깨닫고는 우리에게 참나를 찾을 수 있는 길을 가르쳐 주려고 애쓰다가 길에서 돌아가셨다.

붓다는 모든 중생들이 참나를 찾아 괴로움 없는 삶을 살아가길 원했음에도 불구하고 현대 불제자들은 참나를 찾을 생각조차 하지 않고 불상 앞에서 빌기만 하니 붓다의 가르침과는 멀어도 너무 먼 행동을 하고 있다.

이제라도 진정한 불제자라면 예수의 그 간절하고, 절박한 심정으로 수행 정진하여 참나를 찾아야 할 것이다.

32

불이

내가 아버지 안에 있고, 아버지가 내 안에 계신다(요한 14장 7절)

(하느님께서) 말씀하시기를 내가 결코 너희를 버리지 아니하고 너희를 떠나지 아니하리라 하셨느니라(히브리서 13장 5절)

붓다와 예수는 한쪽씩만을 표현하였다.
붓다가 참나를 말했고, 예수는 하느님을
붓다가 자비를 말할 때, 예수는 사랑을
붓다가 천당을 말하고, 예수는 천국을
둘은 서로 다른 것 같으면서도 둘이 아닌 것이다.

견성을 하였다, 또는 본성을 보았다, 참나를 깨달았다, 등등 그 어떤 이름으로 불리든지 간에, 이것은 너 안에 내가 있고 결코 내가 너를 떠난 적이 한 번도 없다고 말하는 것과 다르지 않다고 할 수 있을 것이다.

깨치기 전에는 수행을 하여 깨달음을 얻으려 하나 깨치고 보면 깨달음이 수행의 시작이요 출발점이라는 것을 알게 되는데, 이것은 하느님이 나와 늘 함께하고 있음을 아는 그 순간이 깨닫는 순간이라고 말하는 것과 다름이 아닐 것이다.

붓다가 열반에 들고 500년이 지난 후 예수가 태어났다.

과연 예수의 전생이 붓다였을까? 만약 그러하다면 붓다와 예수를 합한 종교가 나와 불경과 성경을 함께 펼쳐 놓고 붓다는 이렇게 설하였고, 예수 또한 같은 말씀을 하였습니다 하고 두 법문이 불이임을 가르친다면 굳이 불교 신자와 기독교 신자로 나누지 않아도 되지 않을까?

현재 우리 사회는 많은 변화가 일어나고 있다. 목회자가 법당에서 성경 말씀을 전하고 스님들 또한 교회에 초청받아 불법을 설하고 있다. 이대로 세월이 좀 더 지나가면 양쪽 진리의 말씀을 전할 수 있는 능력 있는 전도사들이 많이 출현하지 싶다.

내 경험상, 내가 불법을 더 많이 알면 알수록 성경 속의 진리의 말씀이 불법과 짝을 이루어 나타나고 있다. 불법에 이런 글이 있는데 성경에도 이와 같은 유사한 글이 있을까 하고 찾아보면 그야말로 없는 것이 없다.

33
공부의 시작

생쌀을 씹어 먹으면서 깊은 산속 다 허물어져 가는, 겨우 비만 피할 만한 조그마한 암자에서 10년간을 화두참선하다가 화두가 타파되면서 도를 얻었노라, 이렇게 말하면 듣는 수행자로 하여금 굳건한 믿음이 생기지 싶다.

선지식인을 만나 직지인심으로 단박(6시간)에 나의 본성을 보았다. 이렇게 말하면 수년간 화두참선 등을 해 왔던 수행자들에게 믿음을 주기가 쉽지는 않을 것이다.

붓다 시절엔 화두참선이란 게 없었고, 천 년 전 중국에서 공에 빠진 수행자들을 공에서 건져 내기 위한 한 수단으로 간화선이 나왔지만 대략 200년 정도 지속되다 사라진 수행법이다.

붓다 당시엔 붓다와 수행자 간에 서로 묻고 답하는 동안 수행자들이 견성을 하였다. 그리고 달마대사가 중국으로 온 이래로 스승과 제자 간에 묻고 답하는 직지인심으로 많은 수행자들이 견성을 하였다.

경허선사 이래로 그 사례가 없는 것은 아니지만 대다수의 수행자들이 하안거와 동안거 때 화두를 들고 참선하는 간화선에 매달려 왔다. 그러나 견성을 이룬 수행자들이 많지 않고, 오늘날 선지식인들로부터 잘못된 수행법으로 지적받고 있는 실정이다.

지금 막 신내림을 받은 자가 굿을 한다거나 점을 치거나 하는 것은 유치원 수준일 것이다. 그래서 신내림을 받은 자가 무당으로서 제 역할을 할 수 있도록 가르치는 무당학원이라는 곳이 있다. 신내림을 받은 자는 이곳에서 장구와 징 등 악기 다루는 방법과 춤추는 방법 등 기초 지식을 배우게 된다.

선지식인과의 직지인심으로 견성을 한 수행자들은 비록 견성을 하긴 했어도 마음공부에 있어서는 갓 신내림을 받아 어찌할 바를 모르는 신출내기 무당과 다를 바 없다. 그래서 견성을 하고 나면 보림을 통하여 깨달음을 얻게 되는 것이다.

견성은 공부의 시작이다.
견성 없이는 공부의 시작이 될 수가 없다.
견성을 하면 팔만사천법문을

한 꼬챙이에 다 꿸 수 있다고 하였다.

견성을 하면 이제부터 깨달음이 시작된다.

견성 없이는 깨달음이 일어나지 않는다. 일어난다 해도 밑 빠진 독에 물 붓기와 다름없다. 왜냐하면, 신내림 받은 무당이 학원에서 이것저것 배워서 조금씩 알아 가듯이 견성을 한 수행자 역시 깨달음이란 견성 후 조금씩 축적되는 지혜인 것이다.

34

불성

공문서는 직인을 찍어 국가로부터 인정된 문서이다. 선에서 말하는 공
안은 선 공부에 도움을 주는 것으로 인정받은 것이라 하여 공안이라고 부
르고 있다.

공안 중에 있는 전체 문장을 화두로 하거나 한 구절을 꺼내어 화두로
하고 있다. 화두란 말의 머리라는 뜻이며, 선에서는 화두참선을 하다가
말문이 끊어지고 생각이 막힌 그 자리가 본성자리라고 하며 이 본성자리
를 보았다는 것을 다른 말로는 견성하였다, 성불하였다, 깨달았다 등의
다양한 이름으로 불리고 있다.

공안 중 개에게도 불성이 있는가에 대한 질문에 무라고 조주선사가 답
했다는 이 문장 전체에 대해 의심을 갖고 참선할 수도 있고, 무라는 한 글
자만을 화두로 할 수가 있겠다.

왜 무라 했을까 하고 끝없이 의심하다가 보면 생각이 끊어지고 말길이 막힌 그 자리에서 자신의 본성을 보게 되고, 이에 성불했다, 깨달았다 등의 이름을 붙이고 있다.

의심을 가지려고 억지로 의심하다 보면 결국 온갖 망상에 빠져 생각이 끊어지고 말문이 막힌 그 자리를 만나기가 어렵게 된다. 그래서 화두는 진정한 의심이 일어나도록 하는 것을 화두로 삼아야 하는데 신기하게도 이미 견성을 하고 나면 의심이 가는 화두가 많지 않다.

'개에게도 불성이 있습니까?' 하는 질문을 받고 질문 받은 자가 말에 끌려 '있다, 없다.'에 빠지게 되면 붓다가 말하는 중도에서 이미 벗어나 버린다. 붓다는 중도에서 벗어나 있으면 불교가 아니라고 했다. 결국 '있다, 없다.'에 빠져 있다는 것은 사도 속에 갇혔다는 것이다.

누가 나에게 '개에게도 불성이 있는가?' 하고 물으면, "그대는 불성이 무엇인지 알고 있군요. 어떤 것이 불성인지 먼저 나에게 말씀해 주시면 그대가 말한 그 불성이 개에게도 있는지 말해 주겠습니다."라고 말할 것이다.

35

아! 이거구나

그 순간 나에게 어떤 일이 일어났기에 내가 견성하게 되었는가에 대해 곰곰이 생각해 보니 그때의 모습이 하나둘 생생하게 떠오른다.

나는 나와 마주한 백운 큰스님께 내가 견성할 수 있게 해 주었으면 하는 간절하고 절박한 바람을 갖게 되었고 또 그리해 줄 것이란 믿음이 들었다.

백운스님과 독대하여 묻는 말에 답하고, 나 또한 질문하는 과정에서 차츰차츰 백운 스님의 말에 빨려 들어가면서 의문이 점점 사라지고 더 이상 물어볼 것도 없었고, 물을 게 없어지니 생각할 것도 없어졌다.

말문이 막히고 생각이 끊어진 그 자리가 본성의 자리라 하지 않았던가? 내가 스님과 묻고 답하는 괴정에서 의문이 사라지니 생각도 끊어지고, 생각이 끊어지니 본성이 그대로 드러나 보인 것이다.

스님과의 문답 중 '아 이게 참나구나.'를 확연하게 알 수 있었다. 내가 이것이 '참나구나.' 하는 것을 알게 해 준 숨은 공로자가 있는데 그는 견성을 체험한 자이며, 아침선이라는 주제로 YouTube에 동영상을 올리는 혜암 선생이다.

혜암 선생은 어떻게 하면 견성할 수 있는지에 대한 방법과 당신의 경험담을 YouTube에 자주 올려 주는데, 나는 혜암 선생의 동영상들을 보고 또 보았다. 어떤 동영상은 두 번, 세 번 반복해서 보곤 하였다.

혜암 선생은 견성하기 위해서 인도, 파키스탄 등지로 일 년에 한 달씩 배낭여행도 하고, 걸어서 전국을 한 바퀴 돌기도 하고, 선원에 나가 지도를 받는 등 할 수 있는 것은 다 해 보면서 애태우다가 막상 견성한 후에 느낀 감정은 '이것뿐인가?'라는 생각에 내가 나를 속였구나 싶어 욕이 나왔다고 하였다.

나는 혜암 선생의 경험담을 들어 보고 견성이란 신선이나 도사가 되는 것이 아니라 약간의 심적 변화가 일어나는 정도인가 보구나 하는 생각을 하게 되었다. 이런 생각을 갖게 한 덕분에 막상 내가 견성이 체험되었을 때 아! 이거구나 하고 알아챌 수 있었고, 나 또한 이것뿐인가 하는 생각이 살짝 들긴 했지만 욕이 나오거나 내가 나를 속였다 하는 생각은 들지 않았다.

기대가 크면 실망도 큰 법, 견성하기 위한 나의 노력들이 혜암 선생과 비교할 바가 못 되었어 혜암 선생과 같은 그런 생각이 들지 않았던 것이 아니라, 혜암 선생께서 견성에 대한 나의 기대감을 미리 낮추어 주었기 때문이라고 생각한다.

36

업을 닦고

내가 견성을 하였다는 것은 본성을 보았다는 것이지,
깨달았다 등의 말은 맞지 않다고 생각한다.

견성을 체험했다면 그 다음 단계로 지금까지 살아오면서 쌓인 삶의 습
을 없애고 지혜를 익혀 깨달음으로 한발씩 나아가야 할 것이며, 바른 지
혜를 모으기 위해서는 많은 선업을 닦아야 할 것이다.

신업(몸, 즉 행동으로 지은 악업)
구업(말로 지은 악업)
의업(생각으로 지은 악업)

신업이라 함은 훔치거나 빼앗거나 폭행을 하는 등의 직접 몸으로 지은
악업을 말한다. 구업이란 입으로 짓는 것이라 욕하고 속이고 험담하고
이간질하는 등 헤아릴 수 없을 만큼 많다. 의업이란 저주와 같은 나쁜 생

각을 하여 지은 업들이다.

견성 후 이와 같은 업을 닦고 육바라밀을 실천해 나가는 것이 지혜를 모으는 것이요 이것이 깨달음으로 나아가는 길이다. 이런 업들이 닦아짐에 따라 자신이 원래부터 갖고 있던 5안이 열리고 6신통을 사용할 수 있게 된다고 조사들이 가르쳐 왔다.

견성 후 나의 또 다른 간절한 바람은 내 안에 들어 있는 5안과 6신통을 잘 사용할 수 있게 되어, 상담 장면에서 내담자들에게 더 많은 도움을 줄 수 있었음 하는 바람이다.

37

내가 나다

모세가 하느님께 아뢰었다 제가 이스라엘 백성들에게 가서 너희 조상들의 하느님께서 나를 너희에게 보내셨다 하고 말하면, 그들이 그 하나님의 이름이 무엇이야? 하고 물으면 제가 어떻게 대답해야 하겠습니까?

하느님께서는 모세에게 나는 곧 나다 하고 대답하시고 이어서 말씀하셨다 너는 나를 너희에게 보내신 분은 나다 하고 말씀하시는 그분이라고 이스라엘 백성들에게 일러라(출애굽기 3장 13~14절)

내가 나다를 체험했다는 것은 내 안에 하느님이 계신다는 것을 체험한 것이다. '내가 나다.'라는 것을 몰랐을 때는 고아로 지내다가 '내가 나다.'라는 것을 체험하게 되면서 내가 하느님의 자식임을 알게 된 것이다.

내가 하느님의 자식이라는 것을 체험한 것이 견성이다. 그리고 내가 하느님의 자식이 되었음을 알고 육체의 욕망대로 살아가는 것이 아니라 하느님의 뜻대로 살아가는 것은 견성을 한 후 6바라밀을 행하는 것과 같은 것이다.

　자신이 하느님의 자식임을 알고 천국에 갈 사람이며 천국 갈 날만을 기다리면서 하느님 앞에서 기도만 하는 것은 견성을 한 후 산속에 들어가 견성했다는 그 생각만 갖고 명상만 하다가 죽는 수행자와 다를 바가 없을 것이다.

　자기 자신이 하느님의 자식임을 알았다면 하느님의 뜻인 사랑을 베풀어야 하고, 견성을 하였다면 육바라밀을 통해 붓다의 자비심을 실천하여야 할 것이다.

38

신의 섭리

우리가 알거니와 하느님을 사랑하는 자 곧 그 뜻대로 부르심을 입은 자들에게는 모든 것이 협력하여 선을 이루니라(로마서 8장 28절)

이는 악한 것조차 선을 이루는 것에 협력하는 것이라는 말씀이라는 것이다. 즉, 하느님의 의에 부합되는 것만이 선하다는 것이다.

사람들이 사회적인 문제를 일으키지 않고 칭찬받을 만한 행동을 한 것을 선한 것이라고 여기는 것과는 다르다. 이는 하느님이 말씀하시는 선과 사람이 생각하는 선이 다르며 사람이 생각하는 선은 선이 아니라는 것이다.

세상이 악한 것은 사람이 하느님께서 만드신 것을 선한 것과 악한 것으로 나누고 서로 선한 것을 추구하려 하기 때문이다. 전쟁이 일어나는 것은 서로가 이루어야겠다고 생각하는 선함이 달라서이다. 그러다 보니 모든 것들이 협력하여 하느님의 선을 이룰 수 없어서 서로 죽이고자 하는 것이다. 달리 말하면 하느님께서 인생을 만들었다는 것, 그 하나가 인정이 되지 않아서라는 것이다.

일상에서 보면 바닷가에서 낚시하는 사람들을 살생을 즐기는 자들이라고 비난하는 자가 자신은 횟집에 가서는 가장 신선한 놈으로 잡아 회쳐 달라고 하면서도 조금도 죄의식을 느끼지 않는 것과 같다.

깨달은 눈으로 보면,
이것이 바로 붓다가 말한 불이다.

39

영혼

영과 혼은 연결되어 있지만 또한 분리될 수 있다(히브리서 4장 12절)

믿지 않은 자는 영적으로 죽었다(에베소서 2장 1절)

영은 하느님과 친밀한 관계를 가질 수 있는 능력(요한복음4장 12절)

혼이라는 말은 생명을 의미(누가복음 12장 26절)

영과 함께 혼은 많은 영적, 감정적 경험의 중심이다(욥기 30장 25절)

내가 본 성경에 의하면, 하느님이 흙으로 인간 모형을 만들어 입김으로 생명을 주시고 자신과 대화를 할 수 있는 영을 주었다가 이브가 선악과를 따 먹은 죄로 영적 능력을 막아 버렸다. 그러나 하느님을 믿는 자에게 는 예수를 통하여 소통할 수 있도록 했다고 한다.

성경에서는 하나님을 진심으로 믿는 자에게 영적 능력이 나온다고 하였다. 선 공부를 한 선지직인들은 염불선을 하든 독경선을 하든 화두참선을 하든지 간에 그 방법이야 무엇을 하든 그리 중요하지 않고, 참나를 체험해야겠다는 간절하고 절박한 마음이 있어야만 참나를 볼 수 있다고 하였다.

신자가 하나님에 대한 절대적인 믿음이 있을 때 영적 능력이 나오듯이, 선지식인과 독대하여 가르침을 받을 때, 이 선지식인은 나에게 견성 체험을 할 수 있도록 해 줄 거라는 절대적인 믿음이 수행자에게 있을 때 참나를 체험할 수 있는 것이다.

영적 능력이 없으면 아무리 간절히 그리고 오랜 시간을 기도한다 해도 하느님을 영접할 수 없듯이, 아무리 지식을 쌓고 경험이 풍부하다 하여도 견성을 못했다면 모래 위에 성을 쌓는 거나 다름없다.

40
즉문즉설

삶이 힘들고 지칠 때는 법륜스님의 법문을 듣곤 하는데,

그중에 자주 듣는 것이 즉문즉설이다. 스님은 즉문즉답이라고 하지 않은 이유가 물음은 있어도, 그 물음에 꼭 맞는 답은 없기 때문이라고 하였다.

어느 질문자가 배우자의 그릇된 생활습관으로 자신이 많은 스트레스를 받고 있다면서 배우자의 그런 습관을 바꿀 수 있는 방법이 없는지에 대해 묻고 있을 때 스님은 그저 빙그레 웃으면서 그 질문자를 보고만 있었다.

깨달은 자의 눈으로 보면 이 질문자에게 해 줄 말이 필요 없음을 보게 된다. 왜냐하면 이 질문자는 질문하는 동안 벌써 스스로 그 답을 알았기 때문이다. 굳이 스님이 질문자의 질문에 대해 한 말씀하시는 것은 거기에 모인 청중 들을 위한 법문일 뿐이다.

상담심리학 이론 중 로저스의 인간중심적 상담이론이 있다. 이 이론에서는 상담자는 내담자를 수용하고 존중해 주라고 한다. 이 이론의 창시자인 로저스는 내담자가 자신의 고민을 말하는 동안 졸고 있는 모습을 영상을 통하여 보여 준 적이 있다.

깨달은 자들은 우리는 이미 완전하고 온전하여 더하고 뺄 것이 없다고 한다. 또한 부처종자 다르고 중생종자 다르지 않다 했다. 해국 스님은 법문 중 쌀은 밥도 되고 떡도 될 수 있지만, 모래로는 그리할 수 없다고 하였다.

참나는 생긴 것도 아니요, 가져온 것도 아니요, 만든 것도 아니요, 어디로 오고 가는 것도 아니며 항상 그 자리에 있을 뿐이다. 그러나 이것을 상으로 보고자 한다면 이미 늦었다.

참나를 보거나 보지 못했거나 우리들 모두가 다 가지고 있는 것만은 사실이다. 우리가 참나를 가지고 있기에 답을 찾기 위하여 밖을 헤매다가 결국엔 조용히 자신의 내면을 들여다보면 거기에 답이 있고, 답이 있는 그 자리가 바로 참나 자리인 것이다.

41

금강경

혜능스님은 신수대사가 지은 시구의 내용을 어느 스님을 통하여 들어서 알고는, 신수대사가 달을 해로 잘못 알고 있다는 것을 단박에 알았다.

혜능은 신수대사가 안목이 부족하다는 것을 알리고 이와 동시에 나는 이런 사람이요 하고 자기 자신을 과시하는 시를 지어 신수대사의 시 옆에 붙였다.

혜능의 의도를 간파한 홍인대사가 혜능이라는 오랑캐가 예사롭지 않다 싶어 방앗간 일을 맡겼지만, 구름이 걷히고 떠 오른 것이 해인지 달인지 구별할 줄 아는 놈인지까지는 미처 생각해 보지 못했다.

홍인대사는 혜능의 글을 통하여 혜능 이놈이 더는 호수를 바다라고 할 놈이 아니라는 것을 알았고, 설익은 이놈이 자신을 드러내 놓고 싶어 하는 마음이 가득하다는 것도 알게 되었다.

호수에 물이 가득 차면 저절로 넘쳐나듯이, 혜능 이놈도 그리 될 줄 알고 홍인대사는 혜능을 절간에 두어서는 안 될 놈이라고 판단하고 그를 절에서 내보기로 마음먹었다.

홍인대사는 한밤중에 그를 찾아오도록 하여 금강경을 매개로 자신의 뜻을 혜능에게 전달하고는 봇짐을 챙겨 절에서 나가도록 했다.

혜능은 스승의 뜻을 다 헤아리지 못하고, 아직은 자신이 풋과일임에도 불구하고 익은 과일 흉내를 내다가 죽을 고비를 경험하고 나서야 스승의 참 뜻을 깨닫고 스스로 잘 익은 열매가 될 때까지 자신을 숨겼다.

혜능은 시절 인연 따라 그물에 걸리지 않은 바람처럼 이리저리 흘러 다니면서 자신을 성숙시키다가 어느 날, 자신이 잘 여문 씨앗이 되었음을 알고 그 씨앗을 밭에 잘 뿌리니, 후일 그 열매들이 온 천하에 퍼지게 되었다.

신수대사는 홍인대사 밑에서 착실히 가르침을 잘 받아서 황후의 부름을 받을 정도로 학식과 인덕이 넘쳤지만, 견성 체험만큼은 스스로 해결해야 하는 것이라 홍인대사도 그것만큼은 아끼는 제자에게 전해 줄 수 없었다.

견성하기 위해서는 간절하고 절박한 마음이 있어야 하고 순수한 마음으로 스승에 대한 절대적 믿음이 있을 때에야 가능한데, 어째서 학식 높은 신수대사가 견성을 끝끝내 하지 못하였을까?

42
무소뿔

법정 스님의 '그물에 걸리지 않은 바람처럼'이란 시구 하나를 접하자, 내 일상이 쫘아악 펼쳐짐을 느낀다.

소리에 놀라지 않은 사자처럼
그물에 걸리지 않은 바람처럼
진흙에 더럽히지 않은 연꽃처럼
무소의 뿔처럼 혼자서 가라

나의 일상을 뒤돌아보니, 소리에 놀란 가슴을 부여안고 숨죽이며 살아왔다. 작은 소리, 큰소리 할 것 없이 모든 소리에 불안, 긴장, 초조한 마음속에 화내고 슬퍼하고 웃고 울고 하면서 결국엔 나를 연극속의 배우로 변장시켜 살아가도록 했다.

내 돈줄과 내 명줄을 지고 있는 그 누군가로부터의 질책 소리에 몸을 떨었고, 겨울가지 끝에 매달린 감나무 잎마냥 초라한 내 모습을 보고도 소리 내어 크게 한번 울어 보지도 못했다.

세월에 뒤지지 않고자 온갖 용을 쓰면서 달렸고, 넘어지고 엎어지고 이리저리 깨어지면서도 허겁지겁 옆 한번, 뒤 한번 돌아볼 여유 없이 따라오는 세월에 붙잡히지 않기 위하여 앞만 보고 내빼기에 바빴다.

산들 부는 봄바람에 목련꽃이 소리 없이 낙화함을 보면서, 허공 속에 자유로이 흐르는 바람 소리를 내 눈으로 보고도 그 바람을 닮지 못했고, 내 육신은 끈 떨어진 연이 되어서 정처 없이 떠돌다 어느 대추나무에 걸려 풀리지 못할 한이 되고 말았다.

세상사에 휩쓸리지 않고자 이리 피하고 저리 피하면서 다녔고, 봄날 시냇물 위에 떠 있는 살얼음을 살금살금 밟고 지나가는 마음으로 조심조심 세상을 살아왔을 뿐 못가에 피어 있는 연꽃처럼 맘 놓고 크게 한번 웃지도 못하였고, 내가 가진 것을 나눔 하는 연꽃향기 같은 향내 나는 삶도 한번 살아 보지도 못하였다.

어느덧 청춘의 뜨거웠던 그 열정도 지나가고 무지개를 따라가던 환상도 사라졌고 세월이 자기 혼자 나를 따라 오든지 말든지 날 두고 저 혼자 달아나든지 말든지 간에 이제는 내가 먼저 세월을 마중하고 배웅할 때가 되었다 싶다.

한 인생 살아오면서 늦게나마 한 소식하고 나니, 60년의 인생사가 한 손에 잡힐 것 같고 먹다 버린 빈 밥그릇 같은 인생은 아니었다 싶어 너무 좋다.

한 송이 국화꽃을 피우기 위해 소쩍새가 봄부터 그렇게 울었다는 시구처럼, 새하얀 서리를 맞으면서도 활짝 웃는 국화꽃이 되었다 사라졌음 하는 것이 내게 남겨진 마지막 한 바람이 되겠지만 이 또한 망상이고 집착이지 싶다.

43

어린 시절

인생에 있어서 누구나 할 것 없이 가장 행복했던 순간은 언제 어디였을까? 아무래도 시공이 초월된 어린 시절의 그때가 아닐까 한다.

어린 시절에 했던 그 모든 일상이 실상이었고, 그 자리가 바로 참나 자리다. 그 참나 자리에서는 헛된 상이 없고, 그 헛된 상이 없으니 괴로움이 일어나지 않은 자리이며 또한 시공이 없다. 그러나 나이가 들고 원하는 것이 많아지면 많아질수록 각자가 만들어 놓은 헛된 상에 따라 살아가기 때문에 헛된 상이 실상인 양 헛것에 속아 살아가는 것이다.

일상삼매라 하는 것은 부르면 대답하고 목마르면 물 먹고 배고프면 밥 먹고 잠 오면 잠자는 것이다. 마치 집에서 키우는 강아지의 일상과 같은 것이다. 굳이 강아지뿐만 아니라 굼벵이가 기어가는 것도 일상삼매고, 더 나아가 우주마발통 모두가 일상삼매이다.

그런데 유독 인간만 탐심이라는 것이 작동하여, 2차 독화살을 맞고 그 독성이 점점 깊어지면 자기가 생각으로 그려 놓은 허상을 실상인 양 믿고, 그 허상대로 살아가게 되면서 점점 더 많은 괴로움에 빠지게 된다.

견성을 한 자, 달리 말해 자기의 본성을 본 자 또는 참나를 찾은 자들은 무엇이 실상이고 무엇이 허상인지를 알게 된다. 누가 가르쳐 주어서 아는 것이 아니라 스스로 아는 것이다.

본성 자리를 아는 자들은 분별로 인한 어리석은 헛상이 실상 아님을 알고 그 헛상에 빠지지 않으므로 어린 시절의 순수함으로 되돌아가서 실상 속에서 살면서 굳이 괴로워할 것이 없는 것이다.

참나 자리에서는 시공이 없다. 선이니 악이니 하는 것도 없고 좋고 싫음도 없는 자리이다. 어린 아이가 친구가 있든 없든, 엄마가 있든 없든 관계하지 않고, 시간이 가고 오는 것에도 메이지 않고, 좋으면 웃고 싫으면 망설임 없이 우는 그 자리가 바로 본성 자리인 것이다.

44

독대

스님과 마주 앉았다.

왜 왔는고?

깨달음 때문에 왔어예.

멀 깨닫는데?

머뭇거리는 나에게

무엇을 깨달으려고 하는고?

스님은 재차 물었다.

깨달음요.

허허. 멀 깨닫고 싶은 건지 말을 해야 깨닫고 싶어 하는 것을 깨닫도록 해 줄게 아닌가?

아~ 예.

한참 침묵이 흘렀다.

내가 무엇을 깨닫고 싶은가?

내가 내 자신에게 물어도 내가 무엇을 깨닫고 싶은지를 구체적으로 모르고 있었다. 나는 다만 깨달음 그 자체를 막연히 깨닫고 싶어 했을 뿐이었던 것이다.

　스님 왈,

　문제를 줘야 답을 줄 게 아닌가?

　문제도 없이 답을 달라는 내가 스님이 보기에 답답함도 있겠지만 어설픈 놈을 놀리고 있다는 불쾌함도 슬며시 일어났었다.

　그렇다고 스님 말이 전혀 틀린 것도 아니다. 생략된 말들을 찾아내어 문장을 완성시키면 나는 무엇에 대해 깨달음을 얻고 싶다가 되는데 무엇에 대해가 무엇인지 말하라는데 나는 그 무엇이 무엇인지를 알지도 못하면서 그저 깨닫고 싶어만 했으니, 이건 누가 들어도 말이 되지 않은 것이다. '나는 나를 깨닫고 싶다.'라고 말한다 해도 이게 말이 되는 것일까?

　깨달음을 얻고자 산사의 스님을 찾아왔건만 무엇을 굳이 깨달아야 할지를 모르고 있으니 그저 난감할 뿐이다.

　스님과의 대화를 통하여 일단 내가 바보 멍텅구리 같다는 생각이 들었다. 무엇을 깨닫고 싶은 줄도 모르면서 그냥 깨닫고 싶다고만 했으니 말이다.

　나는 깨달음이란 내가 신선이나 도인이 되는 것쯤으로 알고 있었고, 그러니까 스님이 나를 도인이나 신선으로 만들어 달라고 말한 거나 다름없는 것이 되고 만 것이다.

스님은 어리석은 나를 놀려 먹을 만큼 놀린 후에 참나를 말해 주었다. 나는 그때서야 참나를 찾는 것이 깨친다고 하는 것이구나 하는 것을 처음 알았다.

스님의 질문은 예리하고 군덕지가 없었다. 이때는 벌써 스님과의 독대가 5시간이 넘었고, 어느덧 스님에 대하여 애정이 느껴지고 있을 즈음이었다.

거사님?
예.
예라고 답하는 그자가 누구인가요?
묵묵부답
죽비에서 나오는 이 소리를 듣는 자가 누구요?
묵묵부답
무엇인지는 모르지만 듣고 보는 자가 있지요?
예.
그자는 어디서 왔는가요?
아니오.
부모님께 받은 건가요?
예.
받은 것은 몸이지 그놈은 아니지요?
예. 맞아요. 받은 것은 아닙니다.
생긴 건가요?

아닙니다.

오고 가는 놈인가요?

아니요 늘 있는 겁니다.

이처럼 묻고 답하는 사이에

'아하~' 하는 것이 보였고, 이게 참나구나 하는 것이 보였다.

알게 된 것이 아니라 보였다 하는 말이 맞지 싶다. 그렇다고 눈으로 보았다는 것은 아니다. 마음으로 하는 체험이 일어난 것이다. 마음 저 깊은 곳에서 성공했구나 하는 환호성이 들려왔었다.

백운 큰스님에 대한 고마움이 집채만 한 파도를 앞세우고 다가오는 밀물처럼 나를 그냥 그대로 덮어 버렸다.

45

공부의 끝

이 글은,

종범 스님의 일상생활과 아미타불이라는 설법을 들은 후 남겨진 내 기억에다 내 느낌을 더한 것이다.

공부는 생사를 넘어설 만큼 해야 공부의 끝이라고 하였다.

죽음은 인간 모두의 관심사이다. 한용운 스님이 일제 시절 만주에서 어쩌다가 총 한 발을 맞았는데 그 순간 팔만사천법문이 다 사라져 버렸다고 하였다. 이는 6문을 통하여 들어온 것은 환경이 바뀜에 따라 다시 나가버린다는 것을 의미하는 말이다. 아무래도 그 당시 스님의 공부가 끝까지 가지 못했을 때라고 생각된다.

공부하는 자는 시간을 잊어야 한다. 시간이라는 건 본래는 없는 것이다. 다만 없는 것을 만들고 그 헛된 상에 내가 속고 있을 뿐이다. 열 살, 백 살, 한 시간, 두 시간 하는 시간들은 원래 있었던 것이 아니라 인간이 필요성에 의해 만들었을 뿐이다.

재밌는 영화를 보고 나면 30분 정도 지났을까 싶은데도 두 시간이 지나 있고, 꿀잠을 잔 후 시간을 보면 30분 정도 잤지만 2시간 이상 잔 것처럼 느껴지듯이, 시간이라는 것은 자기가 만든 허상일 뿐이다. 그래서 공부하거나 자는 시간이란 만들어진 것이지 본래는 없는 것이라는 것을 알아야 한다.

시간을 잊고 공부할 정도가 되면 그 다음에는 죽음이 없다는 것을 보아야 한다. 아는 것, 생각하는 것이 아니라 보아야 한다는 것이다. 조견오온개공, 즉 오온이 공하다는 것을 안다는 것이 아니라 보아야 한다는 것이다.

'죽음이 없다.'라고 생각하는 것은, 생긴 것이라 주변 환경이 바뀌면 사라져 버리는 것이다. 조견이란 달리 말하면, 즉 정견인 것이다. 오온이 공임을 아는 것이 아니라 죽음이 없다는 것을 보게 되는 것이다.

시간이 느껴지지 않을 정도로 정진하게 되면 죽음이 없는 세계를 보게된다. 이것이 두 번째 공부 단계이다. 죽음이 없는 세계를 보더라도 보기 전까지 죽음에 대한 생각들을 많이 하였기에 이것이 마음에 쌓인 것을 습기라고 한다. 이것은 뛰어가다 갑자기 몸을 멈출 수가 없는 것과 같은 이치다. 그래서 죽음이 없는 세계를 보았음에도 불구하고 순간순간 그 생각이 일어나는데 이것이 전도몽상이다

전도몽상에서 벗어나기 위해서는 많은 수행을 하여서 원리전도몽상해야 한다. 이는 꿈에서 깨어난 자가 다시 그 꿈을 꾸고자 해도 안 되듯이 죽음이 있다는 생각을 하고자 해도 생각이 들지 않을 때를 말한다. 그리한 다음에는 능생능멸의 단계에 이르면 이제 공부가 무르익었다 할 것이다.

요약하면, 시간이 없음을 알고 태어나고 죽고가 없다는 것을 보고 그리고 능생능멸 할 줄 알아야 공부가 되었다 할 것이며, 궁극적인 공부는 체무생사(생과 사가 없음을 체험)를 넘어서 용무생사(생과 사를 마음대로 행하는 것)할 수 있을 때 끝이 났다고 할 수 있는 것이다.

공부를 이루기 위한 첫 문이 발심이다.
문이 보이면 그 문을 일단 들어가라.

46

도둑

6문을 열고 들어온 것은 모두 도둑이다.

도둑이 들어오면 온갖 헛된 생각과 망상으로 혼란되어 결국 그 도둑에게 나를 잃어버리게 된다. 그래서 도둑이 들지 못하게 문단속을 잘해야 하는데 아무리 단속을 잘해도 문을 없애 버리는 것보다는 못하다.

어떤 수행자는 문이 사라져 들어갈 문이 없고
어떤 수행자는 아직 문조차 보지 못하고 있다.

보는 것과 생각이나 배워서 안다는 것은 다르다.
안다는 것은 문을 통하여 들어온 것이다.
들어온 것은 환경이 바뀌면 언제든지 나가 버린다.
달리 말하면 훔칠 것이 없으면 저절로 나간다.

본다는 것은 6문을 통하여 나가고 들어올 필요가 없다.

안에 있으면 안으로 보면 되고, 밖에 있음 밖으로 보면 되는 것이니, 굳이 안과 밖을 구분 지울 필요도 없다.

있으면 보고 없으면 보이지 않으니 굳이 보고자 할 필요도 없고 없어지면 볼 수도 없는 것이다. 그럼에도 불구하고 과거를 보고자 하거나 미래를 보고자 하는 것은 생각에 의한 헛된 상을 만들고 있을 뿐이다.

지식은 배움에서 얻을 수 있고 지혜는 얻은 지식에 자신의 경험이 쌓이면 생겨날 수가 있다. 그러나 본다는 것은 생기는 것이 아니다. 있는 것을 보는 것이다. 없는 것을 보았다는 것은 망상을 보았다는 것이다. 그러므로 지금 여기를 제외하곤 볼 수 있는 것은 아무것도 없다.

과거나 미래를 본다는 것은 자기 생각에 따라 만들어진 망상일 뿐이다. 그 망상으로 인해 기뻐했다가 즐거워했다가 울다 웃다 하는 꼭두각시가 되고 마는 것이다. 그렇다면 볼 수 있는 힘은 어디서 나오는가?

결국 자신의 본성에서 그 힘이 나온다는 것을 알게 되는 것이다. 그래서 수행자들은 자신의 본성을 찾아야 하는 것이다.

47

믿음

나더러 주여, 주여 하는 자마다 천국에 들어갈 것이 아니요 다만 하늘에 계신 내 아버지 뜻대로 행하는 자라야 들어가리라(마태복음 7장 21절)

예수의 말대로라면 천국에 갈 수 있는 인간이 과연 있을까? 있다면 아버지 뜻대로 살아온 신자인데 그럼 아버지의 뜻이 무언가를 생각해 보지 않을 수가 없는 것이다.

아버지의 뜻은 신처럼 완벽하지 못한 인간들에게 선한 삶을 살아온 신자만이 천국에 들어올 수 있다는 것이 아니라 예수님이 하느님의 아들임을 알아 주님이라 믿고 그에게 자신의 죄에 대해서 용서를 구하는 자만이 천국에 들어올 수 있다고 해석하는 것이 맞는다고 생각된다.

하느님과 예수의 존재에 대해 믿음이 있는 자만이 천국에 갈 수 있듯이 참나라는 존재가 있다고 믿는 자에게만 참나가 드러날 것이다.

믿음이 없이 형식적으로 예수에게 주여, 주여 하는 자는 천국에 갈 수 없듯이 비록 선지식인을 만났다 해도 그 선지식인에 대한 절대적인 믿음을 갖지 못한다면 참나를 만날 수 있는 기회를 갖지 못할 것이다.

간절히 기도하고 찬양하는 자만이
하느님을 영접할 수 있듯이,
간절하고 절박한 마음으로 선지식인에 대한
믿음을 갖는 자에게만 참나가 드러날 것이다.

48

하느님

구하라 그리하면 너희에게 주실 것이요

찾아라 그리하면 찾아낼 것이요

문을 두드리라 그리하면 너희에게 열릴 것이니(마태복음 7장 7절)

예수는 신의 자식들이 신에게 소망과 기대에 찬 요구를 적극적으로 해야 한다고 하였다. 그러면 그 자신이 구하는 것을 얻을 수 있는 기회나 방법이 나타난다는 것이다.

아인슈타인도 모든 물체는 에너지의 형태로 되어 있으며 생각에는 파동이 있어, 같은 생각을 계속하면 할수록 그것과 같은 파동을 발산하게 되고 결국 그 파동에 이끌려 내가 원했던 것들이 내게 오게 된다는 것이다. 즉, 자신이 하는 말과 생각과 행동이 일치되면 자신이 간절히 원했던 그것이 어느 날 이루어진다는 것이다.

지성이면 감천이라 했다.

노스님과 동자승이 있었는데 동자승이 늘 먼 길을 가서 물을 길러 왔는데, 어느 날 암자 주변에서 잠들었다 일어나 보니 자신의 옷이 젖어 있음을 보고는, 이곳을 파면 물이 나올 것이라 믿고 열심히 땅을 팔 때, 주변 사람들은 그곳은 물이 나올 곳이 아니라고 비웃었지만 결국엔 좋은 우물을 만들어 내었다고 한다.

견성을 함에 있어 여러 견성 체험담을 들어 보면, 어떤 공부를 얼마나 열심히 그리고 얼마나 오랜 시간 수행을 했는지보다는 견성 체험을 하고 못하고는 얼마나 간절하고 절박한 심정으로 기원했는지에 달려 있음을 알게 한다. 또한 자신이 이루고자 하는 정성이 넘칠 때 하느님의 역할을 대신해 줄 선지식인을 만나게 되는 것이다.

49

포장지로 포장하다

붓다 시절로 돌아가 기원정사에서 붓다의 설법을 듣고 있는 대중속의 자기 자신의 모습을 한번 상상해 보라.

붓다는 대중을 상대로 누구나 들어서 이해될 수 있는 법문을 하여 모인 대중들이 즐거운 마음으로 듣고 있으며, 이들 중에는 스스로 깨친 자들도 많았으리라.

붓다는 깨달음을 이루고는 5비구들을 찾아가 설법을 통하여 그들을 깨닫게 하였고, 그것을 초전법문이라고 하며 지금도 전해 오고 있는데 어째서 지금은 그 초전 법문을 읽어 보고도 깨달음이 일어나지 못하는가?

붓다는 깨달음을 이룬 후 앉아서 기다리는 법문이 아니라 죽음을 맞이하는 그 순간까지도 찾아가는 법문을 하였다.

우리 시대에 선지식인, 큰스님 또는 대종사라고 부르고 있는 스님들이 초청을 받아 큰절 등에 가서 법문을 하는 경우는 있어도 법륜 스님처럼 여기 저기 찾아가 법문하는 스님들은 그리 많지 않다.

붓다의 법문이 8만 4천 가지가 된다고 한다. 이 중에 선지식인뿐만 아니라 일반 대중이 읽어 보아도 이해되지 않은 법문은 없지만, 붓다 이후에 대승이니 소승이니 하면서 나온 법문들은 일반 대중들뿐만 아니라 선지식인조차 이해를 못하는 것들이 많다.

붓다의 가르침은 간단하고 분명하다. 붓다는 손을 펼쳐 보이면서 "숨긴 것이 아무것도 없으니 대중들이 와서 들어 보라. 그럼 깨칠 것이다."라고 하였다.

연기설, 사성제, 8정도, 무아, 삼학과 같은 경전들은 누구나 이해할 수 있었고, 보고 깨달음을 이루었지만, 지금은 공이니 대승기승론이니 무문관이니 선문답이니 하면서 들어 보아도 이해되지도 않으며, 깨달았다는 자도 드물게 나올 뿐만 아니라 스스로 깨달았다고 하는 스님들 중에도 선지식인이 보기에는 그가 쌓은 지식이 많다는 것은 알겠지만 깨달음에 대해서는 인정해 줄 수 없는 자들도 많다는 것이다.

일상생활에서 진품이 아니거나 값어치가 적은 것들은 화려한 포장지로 포장되어 있음을 흔히 볼 수가 있는데, 오늘날 한국 불교가 화려한 포장지로 포장되어 있다고 하면 표현이 과한 것일까?

크고 화려한 절에 들어서면 심신이 절로 일어나는 것 같은 기분이 들지만 이렇게 큰절에 어울리는 큰스님이 있던가? 불법을 들려줄 큰스님은 보이지 않고, 결국 대중들은 유정자로부터가 아니라 큰절이 주변 환경과 어울려 만들어 놓은 무정자로부터의 불법을 보고 듣는 것에 만족할 뿐이다.

불법을 바르게 전해 줄 스님이 많지 않다 보니, 붓다 이 이후에 만들어진 여러 조사들의 잡다한 법문이 절에서 설해지고 있다. 그러나 이런 법문들은 들어도 그 뜻을 알 수 없는 헛된 소리만 늘어놓아 듣는 자로 하여금 불법은 어렵구나 하는 생각을 갖도록 할 뿐이다.

붓다의 가르침은 '깨달은 후 보시하라.'이다. 이 간단한 말을 절간에 있는 스님들이 대중들에게 옳고 바르게 전하지 못하는 것은 사심이 들어가 있기 때문일 것이다.

더 좋은 절을 짓고 더 많은 스님들을 절속에 데리고 있고자 하다 보니 돈이 필요하고, 돈이 필요하다 보니 결국 대중들에게 불법을 바로 전하지 못하고, 조사들의 법문 중 천도재, 방생, 초하루기도 등 돈 되는 법문만을 화려한 포장지로 포장하여 내밀 수밖에 없지 않았나 하는 생각을 하게 한다.

불제자가 지녀야 할 것은 붓다의 가르침인 깨달은 후의 보시가 아닌가 한다. 화두참선을 하든 절을 하든 염불선, 독경을 하든 직지인심으로 하든지 간에 자신과 인연 있는 수행법에 따라 먼저 자신의 본성을 찾아야 하고, 그 본성 위에 무주상보시를 한다면 이것이야말로 공부의 완성이라고 할 수 있으며 자신이 살고 있는 바로 이곳이 궁극적으로 찾아가고자 했던 극락왕토일 것이다.

50

할렐루야

성경은 구약 39권과 신약 26권으로 총 66권으로 이루어져 있다.

할렐루야는 시편과 요한계시록에만 있다.

시편(140편-150편)에 23번

요한계시록(19장)에 4번

이외 어디에도 사용된 곳이 없다.

시편 150절 6편,

호흡이 있는 자마다 여호와를 찬양할지어다 할렐루야.

요한 계시록 19장 6절,

할렐루야. 주 우리 하나님 곧 전능하신이가 통치하시도다.

할렐루야라는 뜻은 3개의 단어로 되어 있다.

할렐(찬양하다)

루(너희)

야(야훼의 줄임말로 하느님)

신앙인들은 할렐루야를 외칠 때는 신중하고 경건한 마음으로 하며, 절대 경솔하거나 천박하게 외치지 않는다고 한다. 그래서 성경에서 많이 언급되지 않았을 것이라고 한다.

선 공부를 하는 수행자에게 있어 참나를 만난다는 것은 일생사의 일이기에 신도들이 하느님을 영접하는 마음으로 할렐루야를 외치듯이, 참나를 보고자 하는 수행자들은 간절하고 절박한 마음으로 참나를 찾아야 할 것이다.

하느님은 형체를 갖고 있는 것이 아님에도 불구하고, 인간의 분별하는 마음으로 하느님이 아담을 만들 때 당신과 닮은 모양으로 만들었을 것이라고 생각하고 또 하느님은 자기 자신의 모습처럼 생겼을 것이라는 망상을 갖고 있다.

참나를 보고자 하는 수행자들은 살아온 자신들의 습에 의하여 참나에 대해 어떤 모양에 대한 헛된 상을 그리지만, 참나는 하느님과 같이 형체가 없기에 자신이 보고자 하는 어떤 형체의 상으로는 볼 수가 없다. 참나는 다만 작용이 있을 때 나타났다가 작용이 없으면 일어나지 않은 그런 것이다.

51

분별심

실상과 현상의 기준은 어디에 있는가?

선사들은 멀쩡한 자기 몸뚱어리를 현상이라고 하지만, 자기 몸뚱어리를 보고 있는 중생들은 머리로는 이해는 될지언정 가슴까지 체험되어지는 것은 아니다.

붓다가 제행무상이라고 말한 이후부터 이 말에 대해 반대하는 자도 없거니와, 이론적으로 아님을 증명하지도 못하는 것으로 볼 때 붓다의 말은 진리인 것이다.

무상이란 '변하지 않은 것은 없다.'라는 것이지 사라진다는 것은 아니다. 변하는 것과 사라진다는 것은 다른 것이다. 무아라 했을 때 나라는 것이 없다는 것으로 받아들여 허무감에 빠지는 자들도 있으며, 자기 몸뚱어리도 만들려진 것이니 없어질 현상적인 물체로 보는 자들도 있다.

내 몸뚱어리가 사라지는 것이 아니라 변하고 있을 뿐인데, 없어질 자신의 몸뚱어리에 집착하지 말라고 선에서 가르치고는 있지만 이것은 변하는 것과 사라지는 것을 동일시함에서 오는 착각일 뿐 진리라 할 수는 없지 싶다.

붓다의 관심은 물질적인 것에 있기보다는 마음 세계에 있는 것이다. 붓다가 물질세계를 언급한 것은 마음세계가 눈에 보이는 것이 아니어서 마음세계를 설명하기 위한 하나의 방편에 불과하다. 즉, 하나의 예시로 설명한 물질세계를 그대로 정신세계에 대입하는 것에는 무리가 있다. 마치 우리의 현상세계를 설명하기 위하여 꿈을 예로 들지만 꿈이 현상세계를 모두 설명할 수는 없는 것과 같은 것이다.

꿈이 실상이 아니라고 하는 데 있어 반대하는 자는 없다. 그러나 현상계를 꿈과 같은 것이라고 하면 깨닫지 못한 자들은 쉽게 받아들이지 못하지만, 깨달은 선지식인들 중에는 부정하지 않고 현상계가 꿈속의 꿈으로 보고 있는 자들도 있다.

이 현상세계가 꿈속의 꿈과 같다면 실상세계는 어디인가 했을 때 선지식인들은 참나라고 하였다. 선지식인들은 참나에서 보는 세계가 실상세계이고, 헛된 상에 의해 만들어진 세계를 현상세계라는 것이다.

또 다른 선사들은 깨닫기 전에는 헛된 상에 의해 만들어진 현상이 깨닫고 보면 곧 실상이라고 한다. 깨닫는다는 것은 분별심이 없어졌다는 것을 말하는 것이다. 그래서 분별하는 마음이 없이 행한 것이 실상이고 분별한 마음으로 행한 것은 현상이라는 것이다.

분별하게 되면 자신의 생각에 의해 상을 만들고, 그 상을 따라 자신의 삶에 대한 가치관이 형성되고, 이 가치관이 싫고 좋음, 기쁘고 슬픔의 기준이 되어 결국엔 내가 만든 상을 허상인 줄 모르고 실상으로 착각하고 살아간다는 것이다.

부르면 예라고 답하고 배고프면 먹고 잠 오면 자고 누가 길을 물으면 가르쳐 주는 등 일상적으로 일어나는 것을 깨닫기 전에는 현상이라 하지만, 깨닫고 보면 이들 중 실상 아닌 것이 없다는 것이다.

꽃을 보고 아름답다고 하는 것은 1차 화살을 맞아 일어난 실상이지만, 여기에 2차 화살을 맞게 되면, 즉 분별하는 마음에 의해 원함이 발동되는 즉시 실상은 현상이 되고 마는 것이다. 그래서 실상인가 현상인가 하는 구별은 분별심이 기준이 된다. 분별하는 마음이 없이 바라본 것들은 실상이 되고, 분별하는 마음으로 바라본 모든 것들은 현상인 것이다. 그래서 실상이 허상이 되고 허상이 실상이 되는 색즉공이요, 공즉색이며 이 둘은 불이인 것이다.

52
조명섭

귀이하다면 귀이하고 우연이라면 우연인지 모르겠지만, 조명섭이라는 가수를 통해, 현인 가수의 환생을 보는 것처럼 TV 속으로 나 자신이 쫙아악 빨려 들어가는 느낌을 받았다. 인간이 죽어서 다시 환생한다면 바로 이런 것이 아닐까 하는 생각이 들게 하기에 충분했다.

그의 나이가 현재 22살, 키 160, 몸무게 53, 시력 0.2.
이런 왜소한 몸에서 뿜어 나온 목소리가 가수로는 이미 한 소식한 노련의 가수처럼 느껴진다. 또한 흘러간 노래를 흘러온 노래로 만드는 기적을 보이고 있다.

인생 황혼기에 있는 그래서 너무 잘 익어 가는 60년 넘게 노래한 윤항기 가수처럼, 조명섭의 노래를 듣고 있으면 어떨 때는 편안한 마음이 들고, 또 어떨 때는 흥이 나서 몸을 흔들고 싶은 마음이 들게 한다. 그에겐 정말 알 수 없는 매력이 넘친다. 어느 작곡가가 그를 평하길 앞으로 50년

이상 조명섭 시대가 될 것이라고 하였다.

조명섭을 돋보이게 하는 것은 노래뿐만 아니다. 그의 멘트 또한 사람들을 감동시키고 있는데, 그중 "할 수 있으니까 힘든 거야." 이 말이 조명섭 어록으로 소개되고 있다. 정말 너무 멋진 말이다. 인생을 갓 시작하는 젊은이가 이 말을 했다는 것이 믿어지지가 않을 정도다.

참나를 찾는다는 것이 아무나 하는 일도 아니고 누구나 되는 것도 아니라고 하면서 발심조차 하지 않는 수행자들에게 조명섭의 이 말을 꼭 들려주고 싶다.

할 수 있으니까 힘들다는 말은 안 된다는 뜻이 아니라, 힘들여 애쓰면 된다는 것을 말하고 있다. 붓다는 '와서 보라. 누구든지 다 깨달을 수 있다.' 했지만 오지 않은 자가 더 많았다.

진정 깨달음을 얻고자 한다면 참나를 먼저 찾아야 한다. 참나를 찾기 위해 할 수 있으니 힘든 거야 하는 각오로 발심을 한다면 참나를 발견할 것이며, 그 위에 지혜들을 차곡차곡 쌓아 간다면 깨달음도 하나둘 늘어날 것이다.

53

중도

좌로든 우로든 빗나가지 말고,

악에서 네 발길을 끊어 버려라(잠언 4장 27절)

성경에서 말한 좌우로 치우치지 않은 중도의 자세는 주변에서 난무하는 속설에 귀 기울이지 않고, 하느님의 말씀에 따라 충실하게 정도만 걷는 것이다.

세속주의와의 타협을 중용으로 취급하거나 나눠 먹기를 화합과 일치로 생각하는 것은 지나치게 타락한 편의주의일 뿐이다. 좌우에 대한 논란이 뜨겁고, 양극화 시대의 중요 화두가 되었다. 그러나 교회의 갈 길은 이 모두를 경계하고 오직 하나님의 말씀을 따르는 것이다. 이 길에 해답이 있고 미래가 있다(손달익 목사, 서울 서문교회).

히랍 철학자 아리스토텔레스는 덕은 과잉과 과소 어느 쪽에도 치우치지 않은 중간이라고 하였고, 유교에서는 이와 유사한 개념으로 중용이 있다. 중이란 지나치거나 미치지 못함이 없이 꼭 알맞은 것을 말하며, 용은 언제나 변함이 없이 바른 것을 말한다. 그래서 중용이란 무조건 중간적이 아니라 인간 행위의 가장 참되고 불변하는 삶의 이치이다.

붓다는 '중도가 아니면 불교가 아니다.'라고 할 정도로 중도를 최고의 가치로 삼았다. 붓다는 수행자가 수행을 함에 있어 극단의 고행주의나 쾌락주의를 버리라 하였고, 수행자들에게 가야금 줄을 예로 들면서 중도를 강조하였고, 중도를 위해서는 8정도를 수행하도록 하였는데, 8정도야말로 고행이나 쾌락에 치우치지 않고 지혜와 깨달음과 열반을 얻는 바른 도라고 하였다.

수행자에 있어 수행의 최종 도달점은 깨달음이다. 수행자가 깨달음을 얻기 위해서는 아상을 내려놓아야 한다. 아상이 강하면 강할수록 중도에서 멀어지고 좋고 나쁨의 어느 극단에 자신의 마음을 두게 되는 것이다.

54

무지

무지란 모르는 것이 아니라 잘못 알고 있는 것을 말한다.

무지의 대표적인 것이 들린다가 아니라 '내가 듣는다.'이다.

내가 듣고자 하지 않아도 들려지는 것을 내가 들었다고 생각하는 그것이 무지다.

지금 일어난 한 생각으로 상대를 평가하고 또 다른 생각이 일어나면 또 달리 상대를 평가하는 이것이 무지다. 수행자에게 깨달음이 일어나지 않은 것은 도에 대한 잘못된 견해를 갖고 있기 때문이다. 도란 삶의 이치를 바르게 아는 것이다.

'소리가 들린다.'를 아는 것이 깨어 있음이다.

소리를 들리는 대로 들을 뿐 좋다 싫다 하고 분별하지 않은 것이 지혜이다. 이처럼 깨어 있고 지혜가 있으므로 무지에서 벗어날 수 있고, 무지에서 벗어남으로 괴로움에 빠지지 않을 수가 있는 것이다.

지혜는 이치에 대한 앎이고 지식은 현상에 대한 앎이다.

지혜가 아닌 지식이 아무리 많아져도 깨달음과는 관계가 무의미하다. 잘못된 앎의 상태가 무지이며 이와 반대가 지혜이다. 안다는 것을 잘못 알고 있으면 깨달음이 일어날 수가 없는 것이다.

자신의 생각과 사실을 혼동하는 것이 무지다.

조건에 의해 작용이 일어나면 거기에 대한 느낌이 일어나고 그 느낌에 대한 생각과 더불어 상이 생기고 그 상을 쫓아 행동이 이루어지고 결국 자신의 생각으로 만들어진 현상의 세계를 실상의 세계로 믿는 이것이 무지이다.

일상생활에서 자신의 삶이 이치에 맞게 살아가는 삶인지 아니면 관념의 무지에 빠져서 살아가는 삶인지를 깨치며 나아가는 과정에서 자신의 본성이 스스로 드러날 것이다.

55

비움

얻겠다는 욕심으론 얻지 못했고,

얻겠다는 욕심이 없을 때 오히려 얻을 수 있었다.

붓다는 깨달음을 얻고자 자신의 목숨까지 걸고 수행에 집착했지만 얻고자 하는 것을 얻지 못했을 뿐만 아니라, 자신의 목숨마저 잃어버릴 지경에 놓이게 되었다.

붓다는 얻겠다는 욕심을 비우니 비어 있는 공이 생겼고, 그 공에서 신랑각시 춤추는 것을 보았던 것이다. 그리고 새벽 별들의 반짝임이 태양 속으로 되돌아가고 있음을 보고는 붓다 홀로 미소를 지었던 것이다.

참선하는 수행자들에게 선지식인들의 공통적인 충고가 너무 용쓰지 말라는 것이다. 붓다도 지나가다 나무 밑에서 용명 정진하는 자를 보고 조만간 포기할 것이라 했고, 나무에 기대어 쉬는 자를 보고는 곧 깨달음을 얻을 것이라 했다. 붓다는 예언자로 이처럼 예언한 것이 아니라 당신의 오랜 경험에서 나온 것이다.

모든 세속적인 욕망과 집착을 다 내려놓고 오직 간절함과 절박한 마음으로 텅 빈 공을 무심히 들여다보고 있으면, 어느 한순간에 공이 온데간데없이 사라지고 끝 간 데 모를 밝은 우주를 보게 되리라.

비우면 채울 수 있지만 이미 채워져 있으면 아무짝에도 소용없다. 더군다나 그것이 아상, 인상, 중생상, 수자상으로 채워져 있다면 깨달음과는 천리만리 머나먼 고향이 되고 마는 것이다.

56
참회

회개하라 천국이 가까이 왔느니라(누가복음 13장)

만일 우리가 우리 죄를 자백하면 그는 미쁘시고 의로우사,

우리 죄를 사하시며 우리를 모든 불의에서 깨끗하게 하실 것이요(요한

일서 1장 9절)

주의 약속은 어떤 이들이 더디다고 생각하는 것 같이 더딘 것이 아니

라, 오직 주께서는 너희를 대하여 오래 참으사, 아무도 멸망하지 아니하

고 다 회개하기에 이르기를 원하시느라(베드로후서 3장 9절)

불교에서는 회개와 유사한 개념으로 참회가 있다.

참은 용서를 청하는 것이고, 회는 후회하는 것을 말한다. 그래서 참회

란 과거로부터 지어 온 잘못은 물론이고, 현재 생활하고 있는 가운데 지

은 모든 잘못과 허물을 뉘우치고 또 다시 잘못을 저지르지 않겠다고 부처

님 앞에 맹세하는 것을 말한다.

참회에서 가장 절실한 것은 내밀한 마음의 죄를 숨김없이 드러내고 용서를 청하는 겸손한 태도이다. 이는 붓다에게 거짓 없는 마음을 나타냄인 동시에 자비를 베푸는 붓다의 마음의 자리이기도 하다. 남이 강제로 시킨다거나 남에게 보이기 위해서가 아니라 그동안의 자기 자신을 거울에 비추어 보고 참된 자신으로 돌아가고자 하는 의욕이자 갈망이다.

깨달음에 이르고자 하는 수행자라면 무엇보다도 자신을 참회함이 먼저여야 할 것이다. 나라는 이상을 내려놓고 욕망과 집착으로 인해 그릇된 그림을 그려 놓고 그것을 실상으로 알고 살아왔음을 참회하고, 시공을 잊고 또래 친구들과 외딴 시골 고향 정자나무 아래에서 공기놀이하던 그 어릴 때처럼 순수한 마음으로 돌아가야 한다.

붓다가 모든 것을 다 내려놓고 편안한 마음으로 보리수 밑에 앉아 있다가 문득 나타난 별빛에 깨달음을 얻었듯이
참회한 순수한 마음으로 자신의 본성을 보고자 원한다면 그대에게도 붓다와 같은 체험을 경험하리라.

57

순진무구

깨친다는 것은 모르는 어떤 것을 아는 것이 아니라 잘못 알고 있다는 것에 대한 알아차림이다. 진정한 모른다는 것은 순진무구한 상태, 즉 공이라 할 것이다. 즉, 깨쳤다는 것을 달리 표현하면 공의 상태가 되었다는 것을 말하는 것이다.

수행자가 깨달음을 이루기 위해서는 많은 수행을 해야 한다고 하여 큰스님들의 법문을 듣기 위하여 큰절에서 주최하는 법회 등에 참가하거나 하안거, 동안거 하면서 큰절의 선방에서 시간을 보내거나 아니면 이런저런 명상센터에 눌러앉아 있다고 될 일이 아니다.

어떤 수행자는 수행한 지 수십 년이 되었고, 여러 책들을 읽었다고 자랑까지 하는 이런 수행자는 참나를 만나는 것과는 다른 길에 서 있다 함이 맞을 것이고, 자기 이상에 의해 그 길로 걸어간다면 끝까지 걸어가도 자기 자신의 본성을 만나지 못할 것이다.

공이라 함은 비어 있는 것이라 말들을 하지만 가득함이라 해도 다르지 않다. 즉, 텅 빈 곳에서 모든 것이 다 나오듯이 모든 것이 이미 가득 차 있다 해도 맞은 말일 것이다.

참나를 보고자 하는 수행자들은 지금까지 살아오면서 사람에게서 배운 모든 지식에 대한 집착을 놓아 버리고, 그 빈자리에 자연에서 스스로 알게 된 지혜로 채워 보라. 그리하면 복잡한 도시의 메스꺼운 공기를 마시다가 깊은 산속에서 풀냄새 나는 공기를 마시는 것과 같을 것이다.

견성하기 위해서는 잡다한 지식은 머리 저 한쪽 구석에서 못나오도록 꼭 눌러 두고 산과 바람 소리 그리고 바다와 하늘을 닮아 가라. 내 발이 땅에 붙어 있음을 알이 차리고 내가 숨을 쉬고 있음을 의식하라. 꽃이 피어나고 구름이 흐르고 있음을 알고, 아무도 없는 깊은 산속에 다람쥐가 도토리를 먹고 있음을 들어 보라.

아성은 본성을 가리는 구름이다. 구름이 있으면 태양을 바로 못 보고 그저 본 듯 할 뿐이듯이 아성이 강하면 본성을 보지 못하고 느낌상 본 듯 할 뿐이다. 아성을 내려놓기 위해서는 빠짐없는 자기 참회가 있어야 할 것이다. 자기 참회의 끝은 아성이 사라질 때이다.

신기하게도, 본성을 보고난 후에는 머리 한구석에 꼭 눌러 두었던 모든 지식들이 스스로 뛰쳐나와서는 이런저런 지혜가 되고 그 지혜로 인하여 하나둘 깨달음이 쌓여 가고 있다는 것이다.

58

나침판

　사람이 살아가는 데 늘 기준점이 있다.

　그 기준점을 정함에 있어서는 자신의 삶을 잘 살았는지, 잘 살고 있는지, 어떻게 살아갈지에 대해 저마다 비교 대상이 있고, 그 비교 대상에 견주어 보고 정하는 것이다.

　차로 드라이브를 하다가 몇 킬로미터나 달렸을까 하는 생각이 들 때 자신이 출발한 그곳이 기준점이 된다. 이때에는 비교 대상 없이도 기준점을 정할 수 있다.

　배가 난파되어 망망한 바다 위에서 홀로 남았을 때 그 기준점을 찾기가 어렵다. 하늘에 떠 있는 구름은 기준점이 못 된다. 나르는 갈매기 또한 기준점이 될 수 없다.

물결 따라 흐르다가 육지에 닿기 위해선 한 방향으로만 가면 된다는 생각에 그리해 보지만 파도에 휩쓸려 버리면 오던 길이 어딘지 알 수 없게 되어 한 방향으로 가는지조차 알 수 없게 된다. 이럴 때 필요한 것이 나침판이다. 나침판은 동으로 가든 서로 가든 오직 한 방향으로 갈 수 있도록 기준점을 정해 주고 있다.

깨달음을 얻기 위한 공부를 함에 있어 무엇을 어떻게 해야 할지에 대한 기준점이 될 수 있는 비교 대상도 없고 절대적인 기준점도 없다. 그저 망망한 바다 위에 떠 있을 뿐이다. 이럴 때 방향을 알려 주는 나침판이 필요하다.

자기 본성을 보는 것이 공부의 시작이요, 깨달음을 얻기 위하여 나아가는 나침판이 될 수 있다. 다시 말해, 참나 자리가 공부의 기준점이다. 이것을 기점으로 하여 자신의 공부가 되고 있는지 만약 되고 있다면 어느 정도인지 생사해탈은 되었는지, 불생불멸이라는 깨달음에는 어느 정도 도달했는지에 대한 기준점이 되는 것이다.

59

앞 마음 뒷 마음

부처가 무엇인가요?

떠도는 글들에는 마조 선사가 '마음이 부처다.'라고 답했다고 하는데, 이러한 글들은 깨달음이 없는 자들의 말장난에 불과하다. 왜냐하면 즉심 즉불과 심즉불을 구별 못하고 있기 때문이다.

즉심즉불과 같이 쓰는 말이 즉심시불이 있다. 이것을 글자대로 해석하면, 지금 이 마음이 곧 부처라는 뜻이다. 대부분의 글에는 마음이 부처다로 해석하고 마는데, 이 또한 반야의 지혜가 없기에 하는 말이다.

즉심즉불에 관하여 우보거사는 명쾌한 해석을 해 주었다. 우보거사에 의하면 혜능선사는 앞 마음이 일어나지 않은 것이 즉심이고 뒷 마음이 사라지지 않은 것이 즉불이라고 하였다고 한다.

혜능선사의 말을 이해하려면 앞 마음과 뒷 마음이 무슨 뜻인지 정확히 알아야 하는데, 깨달음이 없는 자들이 이해하기가 쉽지는 않을 것이다.

앞 마음이란 생각하기 이전의 마음이다. 귀에 소리가 들려와서 들린 것이 앞 마음이다. 1차 화살을 맞은 상태다. 달리 말하면 분별하기 이전의 마음이다. 들려온 소리가 좋다 나쁘다고 생각이 일어난 것이 뒷 마음이다. 2차 화살을 맞은 것이고 분별한 마음이다.

즉심즉불을 글자대로 해석하면 지금 이 마음이 곧 부처라는 의미이며, 지금 이 마음이란 분별하기 전의 마음을 말하는 것이다. 반대로 분별한 마음은 부처의 마음이 아니라 중생의 마음이다. 그래서 마음이 부처라는 말은 맞을 수도 있고 틀린 말이기도 하다.

이런 이치를 모르고 마음이 부처라고 표현하는 학자들은 아직 생각하기 이전의 자리에 가 보지 못했기에 글자에 매달려 있는 학자들이라고 보아도 틀린 말은 아니지 싶다.

60

삶의 이치

붓다는 자기 자신을 믿고 수행에 전진하라 하기도 했고, 선지식인 없이 깨우쳤다는 것은 사도라고 하기도 하여, 수행자들로 하여금 자신을 믿어야 하는지 선지식인을 믿어야 하는지 의문을 가질 수 있게 하였다.

붓다 시절에 지금과 같이 많은 경전이 있었다면 붓다는 도를 얻기 위해서는 경전을 읽어야 한다고 했을 것이며, 붓다 당시 제자들에게 8만 4천 법문을 한 것만 보아도 깨달음을 얻기 위해서는 앎이 먼저임을 알 수 있다.

붓다의 초전법문에서 삶의 이치를 말했지, 깨달음에 대한 말을 하지 않았음에도 제자들이 삶의 이치를 알게 되면서 깨닫게 된 것이다.

도가 무엇인가 했을 때의 도란 삶의 이치가 분명한 줄 아는가 하는 물음이다. 내가 안다고 하는 것이 정말인지를 아는 것이 삶의 이치가 분명한 것이고 도를 안다는 것이다. 예를 들어 '우주는 끝이 없다.'라고 알고 있는데, 그 이치가 분명한 것인가 하고 되물었을 때 깊이 생각해 보면 자신의 앎이 분명한 것이 아님을 알게 될 것이다. 붓다는 이것을 정견이라 하였다. 바르게 아는 것이 도인 것이다.

성철 스님은 모두가 인정하는 불교의 대학자이다.

성철 스님이 책을 읽은 데 시간 보내지 말고 화두참선하여 깨달아야 한다면서, 8만 4천 법문이 달을 가리키는 손가락에 불과하다 했다. 이는 붓다의 말과 다르게 보일지 몰라도 실상은 같은 말이다. 이치를 모르고 책을 보거나 법문을 들으면 들을수록 분별심이 생겨 도와 멀어짐을 경계한 말이기 때문이다.

성철 스님이 혜인사로 찾아온 기자에게 내 말에 속지 말라 하여 기자가 자기 자신의 말에 속지 말라는 뜻인가 하고 물으니, 성철 스님은 그게 아니라 성철이 하는 말에 속지 말라고 재차 말하였다. 이 말 뜻은 성철 스님의 말도 결국은 도를 이루는 하나의 수단에 불과한 법문이라는 것이다. 붓다 역시 당신의 말을 무조건 믿지 말라 하였다.

발을 냇가에 담그고 유유히 흐르는 냇물을 보면서 냇물이 더럽네, 적네, 느리네 하는 등의 온갖 분별하는 마음을 내지 않고, 그 냇물을 무심히 보고 듣고 느끼는 놈이 누구인지를 아는 것이 삶의 이치를 아는 것이요, 도를 깨치는 것이다,

시냇물이 낮은 곳으로 흐른다는 것을 아는 것은 지식이요, 흐르는 시냇물을 보고 있는 나를 아는 그 자체가 깨침인 것이다.

요약하면,

본성을 체험하기 위한 수행을 함에 있어 분별함이 없이 하라는 것이지, 수행 그 자체를 하지 말라는 것이 아니다. 보다 구체적으로 말하면 이치를 깨치기 위해서 책을 읽거나 법문을 듣지 말라고 하는 것은 분별에서 오는 알음알이로 아상이 일어남을 경계하는 말일 것이다.

61
자기 뜻대로

그래서 예수님이 자기를 믿는 유대인들에게 말씀하셨다 너희가 내 말대로 살면 참으로 내 제자가 되어 진리를 알게 될 것이며, 그 진리가 너희를 자유롭게 하리라(요한복음 8장 31절)

하느님의 얼굴을 본 것 같이 믿으라(창세기 33장 1절)

예수는 진리가 자신을 자유롭게 한다고 하였지만 진정 무엇이 진리인지를 아는 자가 많지 않다. 많은 사람들은 자신이 듣고, 배운 것을 진리라고들 하지만 이것들은 밖에서 들어온 것이며, 밖에서 들어온 것은 조건이 작동하면 사라지는 것이기에 진리라 할 수가 없다.

하느님이 창조한 것 중 하나님의 뜻이 아닌 것이 없다. 그러므로 하느님이 창조한 모든 것이 하나님의 얼굴이니 어찌 하나님을 보지 못했다고 하겠는가?

하느님은 우주 만물을 창조하였다.

하느님은 전지전능하여 무결정체이다.

하느님은 필요에 의해 만물을 창조하였고 나 또한 하느님의 필요에 의해 창조되었다. 그래서 나는 완전한 존재로 창조되었다. 나에게 일어나는 일들과 내 스스로 통제할 수 없는 감정조차도 모두 하느님의 뜻에 의한 일일 뿐이다.

내가 성내고 괴로워하는 것은 내 몸에 사탄이나 악마의 작용이 아니라, 모든 것은 오직 하느님의 뜻이다. 사탄이니 악마니 하는 말은 돈과 관련된 사람들에 의해 지어낸 말일 뿐이다. 하느님은 결코 그런 불필요한 것을 만들 이유가 없다.

완전하게 만들어진 인간이 괴로워하거나 자신의 감정을 통제하지 못하는 것은 하느님이 자신을 잘못 만든 것이 아니라, 자신이 만든 어리석은 생각으로 하느님의 뜻에 맞서려고 하기 때문이다.

자신의 어리석은 생각대로 하려고 하기보다, 하느님의 뜻대로만 살아가면 괴로울 것이 없고 화나고 서러운 마음 대신에 항상 고맙고 감사한 마음으로 살아갈 것이다.

이 말을 안 믿는 자는 하느님을 스스로 부정하는 자이며, 자기 자신이 만든 괴로움에서 벗어날 길이 없을 것이다.

인간의 모든 고통은 깨닫고 보면 자신이 만든 어리석은 생각에서 비롯됨을 알 수 있다. 하느님의 뜻대로 살지 못하고 자기 뜻대로 살고자 하는 자는 어리석은 생각으로 원하는 것이 많으면 많을수록 그리고 강하면 강할수록 그 괴로움은 더 더욱 크질 것이다.

보석을 보고 아름답다 하는 데까지는 괴로움이 없다. 그러나 저 보석을 자신이 갖겠다고 하는 일련의 어리석은 망상들을 일으키고부터는 하느님의 뜻이 아니라 자기 뜻대로 해 보겠다는 고집을 부리게 되는 것이다. 그러니 어찌 괴롭지 않겠는가?

62

착한 병

인간이 인간의 행동을 평가하여 그것을 선하다, 악하다, 옳다, 옳지 않다, 바르다, 바르지 않다 등으로 평가하는데, 이것은 인간을 제외한 유정체와 무정체 모두에게로부터 인정받을 수 있는 평가는 되지 못할 것이다.

인간의 행동 중에 어떤 것이 의롭고 어떤 것이 의롭지 않는 것인가에 대해 성경에는 하느님의 섭리에 맞는 것은 의롭고 그러지 못한 것은 의롭지 않다고 했다.

성경에는 하느님의 섭리를 따르지 않고 인간들이 서로 자기들의 이익을 위하여 서로가 옳다고 하면서 싸움을 하고 있어, 양쪽 모두 의롭지 못하다고 하였다.

해일이 밀려와서 갓 태어난 어린아이와 노인 구별함이 없이 죽이기도 하고 태양은 인간이 말하는 선한 자나 악한 자를 구별하지 않고 골고루 비처 주고 있다.

무엇이 선인지 악인지도 모르면서 그저 지배자 자신들의 지속적인 이익을 위하여 만들어 놓은 도덕이니 법이니 하는 규준들을 지키려고 하다가 그리되지 못하면 자신 스스로 죄의식에 빠지게 될 뿐이다.

아무런 이유도 모르면서 자신은 착해야 한다는 '착한 병'에 걸려 착하지 못한 자신을 자책하는데, 자기 자신에 대해 깊이 들여다보면 결국 지배자로부터의 교육의 결과라는 것을 깨닫게 될 것이다.

남의 물건을 슬쩍했다는 죄의식, 차를 타고 가다 갑자기 뛰어 들어온 강아지를 치었다는 죄의식, 어떤 조건하에서 사람을 죽였다는 죄의식 등으로 과도하게 괴로워하는 것은 인간에 의해 학습된 어리석은 생각 때문이다. 왜냐하면 신이나 자연의 섭리로 보면 그리 괴로워할 일이 아니기 때문이다.

인간의 3독인 탐진치 중 어리석음이라는 것은 모른다는 것에서 비롯되었다기보다는 사실을 잘못 알고 있는 데서 시작된다고 해도 과언은 아닐 것이다.

깨달음이란 모르는 것을 아는 것이 아니라 잘못 알고 있는 것을 바르게 아는 것을 말한다. 일상생활을 방해받을 만큼 잘못된 죄의식은 어리석은 생각에서 비롯함을 깨달아야 한다. 그러기 위해서는 고정된 내가 없음을 알고 인이 연을 만나 만들어진 결과일 뿐이라는 자연의 이치를 깨우쳐야 한다.

63

구분과 구별

나니까 이렇게 하였다.

이렇게 할 수 있는 것이 나다.

'나니까 이렇게 하였다.'라고 말하게 되면 나라는 존재가 고정체가 되어 버리는 것이고, '내가 있다.' 하는 믿음으로서 아상, 인상, 중생상, 수자상 이 일어나게 되는 것이다.

'이렇게 또는 저렇게 할 것이 나다.'라고 하면 나라는 것이 고정된 존 재로 실존하지 않고 상황에 따라 행동하여 나온 결과가 나란 뜻이 된다. 이렇게 생각하고 행동하는 자들은 아상 등에 덜 집착하게 될 것이며 이것 이 붓다가 말한 무아인 것이다.

어느 동자 스님이 큰스님께 저를 해탈시켜 주세요 하니, 큰스님이 누가 너를 묶었는가? 하는 말에 깨달음을 얻었다고 하였다.

실로 변화무쌍한 자신을 고정된 실체로 묶어 둔 것은 자기 자신뿐이다. 붓다는 세계가 존재하는가 하는 외도들의 질문에 침묵하였다. 그 이유는 세계가 고정된 실체로 존재하는 것이 아니라 자신의 6근과 6경 그리고 6식에 의해 각자의 세계는 자기 자신이 스스로 만드는 것이라는 것을 무언으로 깨닫게 해 주고자 했던 것이다.

깨달은 자와 깨닫지 못한 자 간의 세계관이 다르다.

깨달은 자의 세계관은 세계를 하나로 보지만, 분별심에 의해 대상을 구분하나 깨닫지 못한 자는 세계를 하나로 보지 못하고 대상을 구별하여 보기에 너와 나를 다르게 보고 있는 것이다.

깨달은 자보다 깨닫지 못한 자들이 그 수가 더 많고, 그 다수자의 눈으로 보면 깨달은 자들의 생각과 행동이 다소 어수룩하고 사회 실정을 모르는 것으로 보일지 몰라도 깨달은 자들은 그 너머의 세계까지 보고 있는 것이다.

깨달음이란 무지에서 깨어남이 아니라 잘못 알고 있던 것을 바르게 아는 것이다. 그래서 8정도에서 가장 앞에 있는 것이 정견이다. 정견이란 분별하지 않고 보는 것이요, 잘못 알고 있는 것을 바르게 아는 것이다. 따라서 깨달음이란 8정도를 체험하는 것이라 해도 좋을 것이다.

64

나를 사랑하라

자기 목숨을 얻는 자는 잃을 것이요 나를 위하여 자기 목숨을 잃는 자는 얻을 것이라(마태복음10장 39절)

나는 화평을 주러 온 것이 아니라 검을 주러 왔노라(34절)

사람의 원수가 집안 식구니라(36절)

나보다 부모를 더 사랑하는 자는 내게 합당하지 않고 나보다 자식들을 사랑하는 자도 내게 합당하지 않으며(37절)

자기 십자가를 지고 나를 따르지 않은 자도 내게 합당하지 않으리라(38절)

그리고 너의 목숨보다 더 나를 사랑하라(39절)

성경에 믿음을 위해서는 자기 목숨뿐만 아니라 부모와 자식도 버려야 한다고 가르치는 글을 처음 접했을 때에는 심히 놀라지 않을 수 없었다.

정말 예수가 이렇게 말했을까 하는 의심에 성경 구절이 믿기지 않았고, 오늘날 사이비 종교인들이 부모, 자식을 버리고 저들끼리 집단생활을 하는 근거가 여기에 있지 않나 하는 생각이 들게 하였다.

나대로 해석하면 하느님에 대하여 그 무엇보다 강한 믿음을 갖는 자에게 구원이 있으리라는 뜻으로 해석할 수 있으며, 깨달은 자들의 세계가 따로 있듯이 성령을 받은 자라면 이 구절을 달리 해석할지도 모르겠다는 생각이다.

이 글에서 느껴지는 것 중 하나는 하느님을 믿는 자들에 대한 예수의 강한 애정이다. 또한 너희에게 믿음이 있다면 너희가 원하는 모든 것을 예수 자신이 해 줄 수 있다는 자신감 또한 느낄 수가 있다.

깨달음을 얻기 위하여 수행자들 중에는 자신이 언젠가는 깨닫겠지 하는 막연하고 희미한 의지로 선방을 찾아다니거나, 깨닫게 해 줄 수 있다고 하는 선원 등에 의존하여 시간을 허비한 수행자들에게는 이 성경 구절이 적잖은 충고가 되었지 않았을까 한다.

예수의 이러한 절대적인 믿음처럼 수행자가 견성을 위해 원을 세웠다면 밖에서가 아니라 안에서 찾을 수 있다는 믿음을 갖고 절실하고 절박한 마음으로 수행을 한다면 누구나 다 견성 체험에 성공할 수 있을 것이다.

65

어록

데카르트는 1696년 프랑스에서 태어났다.

이때는 성경과 신이 진리의 중심이었다.

데카르트는 합리론자인 베이컨과 더불어 근대적인 사고의 기틀이 되는 합리성의 밑바탕을 이루었다.

나는 생각한다.

고로 나는 존재한다(어록 1).

지금까지 철학이라 일컬어 온 모든 것들을 가장 적게 배운 사람들이 참된 철학을 배울 능력을 가장 많이 가지고 있다(어록 2).

데카르트에게는 위와 같이 어록 두 개가 있는데, 우선 "나는 생각한다. 고로 나는 존재한다."라는 어록을 살펴보자. 데카르트가 2000년 전으로 돌아가 붓다에게 어록 1을 말하였다면 붓다는 무엇이라고 하였을까?

붓다는 데카르트를 말없이 바라보다가 내가 생각한다면 반대로 내가 생각을 안 할 수도 있습니까? 할 수는 있는데 안 할 수는 없다면 생각하는 놈이 나라고 할 수 없지 않을까요?

들는 놈이 나라면 반대로 내가 안 들을 수도 있어야 하는데 듣지 않겠다고 해도 들리지 않는가요? 냄새를 맡으면서도 마찬가지고 촉감 또한 그리한데 내가 나를 내 마음대로 못하면서 나를 나라고 할 수 있을까요?

결국 데카르트는 붓다에게 배움을 청하게 된다. 붓다는 새로운 제자에게 늘 그러하듯이 그 사람의 근기에 맞게 자세하게 설명하여 알아듣도록 하였다.

해국 스님도 설법 중 어떤 질문에 내 손을 허공에 들어 올리는 것으로 내가 해 줄 말은 다 했지만 깨닫지 못한 자에게 그리한들 그게 그 사람에게 무슨 도움이 될 수 있겠나 하였다.

붓다는 견성하지 못한 데카르트를 가르치기 위해 죽비를 탁 치고는 인과 연에 의해 소리가 일어났고, 소리가 일어나니 마음이 작동하여 소리를 알아챘으며, 소리가 일어나기 전에는 마음이 작동하지 않았다는 것을 자세하게 설명하면서 그 소리를 알아들은 놈이 참나라는 것을 알게 해 주었다.

데카르트의 두 번째 어록은 견성하고자 하는 수행자들을 위한 아주 훌륭한 법문이다. 견성하고자 하는 수행자라면 자기 안에서 답을 찾아야 하는데, 이런저런 경전만 잔뜩 읽으면서 밖에서 찾고 있거나, 좌선하여 망상에 시달리고 있는 사이에 자기 아상만 더욱 단단해질 뿐이니 어찌 견성이 일어나겠는가?

66

일체유심조

    일체유심조란 내가 마음먹기에 따라 생각이 달라지는 것이 아니라, 내 마음이 떠오르는 대로 생각된다는 것이다. 달리 말하면 마음이라는 것을 자신이 좌지우지할 수 있는 것이 아니라 연기법에 따라 저절로 떠오를 뿐이라는 것이다.

    마음을 자기 자신이 좌지우지할 수 있다면 괴로워할 사람이 어디 있겠는가? 이것이 일어나니 저것이 일어났을 뿐이다. 즉, 마음을 결정하는 자가 고정되어 있는 것이 아니라 조건에 따른 작용이 일어났을 뿐이다.

    인간은 자신의 어리석은 생각에 의해서 만들어진 허상에 따라 살아가고 있다. 즉, 허상에 의해 나타난 현상계를 실상계로 착각하고 살아가는 것이다.

붓다는 깨달음을 이룬 후, 괴로워할 것이 없다고 하였다. 왜냐하면 괴로워할 내가 없기 때문이다. 나라는 것은 실체가 없는 오온의 쌓임일 뿐이기 때문이다.

나라는 실체가 없는데 마음인들 실체가 있겠는가? 혜가 스님이 달마대사에게 마음이 편하지 않다고 하자 그 편하지 않은 마음을 보여 달라고 하였고 혜가는 불편한 마음을 찾지 못하겠다고 하였다.

붓다는 제행무상이라 하였다. 생긴 것은 변하는 것으로 그 실체가 없다 하였다. 다만 실체가 없는 것을 어리석은 생각으로 허상을 만들고 그 허상을 실상이라고 할 뿐인 것이다.

참나도 실체가 있는 것이 아님에도 불구하고 자신의 어리석은 생각에 의해 형상을 만들고, 만들어진 그것을 관념적으로 보고자 하니 볼 수가 없는 것이다.

67

백운 큰스님

양무제가 달마대사에게 자신의 공덕이 얼마나 되나 하고 물었을 때 달마대사는 무라고 하였다. 후일 혜능대사는 실로 공덕이 없는 것이다. 양무제가 마음이 삿되어 바른 법을 모르고 베푼 것은 그 이름이 복을 구했을 뿐이니 공덕은 되지 못한다고 하였다.

달마대사는 양나라에서는 양무제에 의해 불교가 관념화되어 있음을 알고, 위나라 소림사의 토굴 속에서 선불교를 펼칠 제자를 9년이나 기다리다가 혜가라는 소이까리를 잡게 되었다.

그 당시 시절 인연 따라 동쪽으로 온 붓다의 28대 장손인 달마대사의 눈으로 볼 때 양무제에 의한 불교는 붓다 시절의 살아 있는 불교가 아니라 문자화된 죽은 불교로 보였다.

달마는 붓다처럼 불입문자로 불법을 전하고자 하였다.

불입문자란 조사의 말이나 경전의 문구 등에 집착하지 않는다는 선종의 자유로운 태도를 표방하는 말로, 진리는 언어, 문자를 초월해 있다는 것을 말한다.

달마는 마음에서 마음으로 법을 전하고자 하였고, 진리의 깨달음은 문자를 떠나 곧바로 인간의 마음을 꿰뚫어서 본성을 볼 수 있도록 해야 한다고 보았다.

화두를 가진 자는 각자 화두로 하고, 화두가 없는 자는 부모에게 나기 전에 어떤 것이 참나인가를 화두로 하여 참선하라고 하는 것이 현 불교계의 실정인데, 이는 붓다가 각자의 근기에 따라 가르치던 것과 일치하지 못하고 있고 달마의 불입문자에 의한 견성성불과도 다르다.

한국 불교의 주류인 조계종 중심의 현 선불교는 이처럼 사구를 들고 견성하고자 선방에 앉아 참선을 하고 있으니 세수하다 코 만지기보다 더 쉽다는 견성을 이룬 수행자가 가뭄에 콩 나오듯이 그 수가 많지 못하다고 비평하는 선지식인들이 많이 있다.

다행히도 깊은 산사에서 직지인심으로 제자들에게 단박에 견성을 체험시키는 백운 스님과 같은 큰스님들이 있다는 것은 한국 불교에 그나마 큰 희망이라 할 수 있을 것이다.

68

정견

견성과 깨달음을 동의어로 사용한다면 돈오돈수란 말이 맞다. 그러나 견성과 깨달음은 다른 차원의 말이기에 견성은 돈오이고 깨달음은 점수로 해야 할 것이다.

견성이란 자신의 본성을 보는 것인데 형상이 있는 것도 아니고 항상 있는 것도 아닌 이것을 닦는다는 의미의 점수는 말이 안 된다고 생각한다.

견성이란 글자 그대로 성품을 본다는 것인데 보는 것과 깨닫는다는 것과는 동의어가 될 수 없고 깨닫는다는 것은 모르는 것을 안다는 의미도 있지만 잘못 알고 있는 것을 바르게 아는 것을 의미한다.

살아오면서 고착된 생활 습성을 불교에서는 습이라 하는데, 이 습을 닦아 내고 또한 잘못된 생각으로 형성된 현상계가 실상계가 아님을 바로 알아가는 과정들을 깨달아 간다고 하는 것이지 이것을 견성해 간다고는 하지 않는다.

붓다는 깨달은 후 자신의 깨달음을 다섯 비구에게 전할 때 8정도를 가장 먼저 가르쳤는데 그 첫 번째가 정견이다. 이는 깨달음에 이르는 기본 바탕인 것이다.

8정도를 잘 닦아 아상을 없애고, 나라는 것이 고정된 실체가 아니라 무아임을 깨달아서 그릇된 생각으로 인한 집착을 내려놓을 때에, 자신의 본성이 획연히 드러날 것이다.

69

지수화풍

꿈에서 깨어나니 생각이 만들어 놓은 세상 속이네.

생각 따라 떠오른 허상으로 만들려진 현상 세계라 꿈속 세계보다 더 무상하다.

꿈속 세계에서는 산 위로 날아도 다니고 사랑하는 사람과 호랑이 등에 올라타고 달려도 보고 험악한 강도가 쫓아와서 급하면 잠에서 깨어 버림 그만이다.

현상 세계 속에서는 온갖 집착과 욕망 등의 탐진치가 나를 꽁꽁 묶어서 사랑도 모르고 낭만도 맛보지 못하고 호랑이보다 더 무서운 세월이 쫓아와 날 잡아가려 해도 내가 도망가거나 숨을 곳조차 없구나.

헛된 망상으로 생겨난 현상 세계를 벗어나고자 하나 현상 세계에 오기 전에는 어디에 있었고 현상 세계를 벗어나면 어디로 가는지조차 알 수 없구나.

이것이 있으면 저것이 있다 했거늘 무엇이 있어서 지금의 내가 있는 걸까? 또 지금의 내가 사라지면 우주가 나와 같이 사라져 버릴까?

불생불멸이라 하거늘 태어남도 없다는데 그럼 난 태어난 것이 아님 무엇이란 말이며, 죽지도 않는다고 하는데 육신이야 땅속에 던진다 하더라도 무엇이 있어 내가 죽지 않는다는 말인가?

참나가 일으킨 한 생각에 삼라만상 우주가 나타나고, 나라는 형체도 같이 만들어진 것일까? 만들려진 것이라면 제행무상이구만.

만들어진 몸뚱어리를 지수화풍으로 돌려보내 버리고 8식이라는 한 줄기 빛이 되어 중음을 떠돌다 정자와 난자가 만나는 그 자리 속으로 찾아들어가는 것일까?

인간의 생사를 인간에게 물으니, 인간이 어찌 그 오고감에 대해 답할 수 있겠는가?

70

이분법

너희 가운데 죄 없는 자가 먼저 저 여자에게 돌을 던져라(요한복음 8장 1절)

율법 학자들과 바리새인들이 간음한 여인을 예수 앞으로 데려와 모세의 율법에 따라 이 여자를 돌로 때려 죽여야 하는데 예수께서는 어떻게 생각하는지 물었다.

율법대로 할 것인지 풀어 주라고 해야 할 것인지에 대해 양자택일을 강요하고 있는데, 이는 무문관의 풀기 어려운 공안과 같은 질문이다.

돌로 죽여라 했음 우리들의 메시아가 아니라고 했을 것이고, 풀어 주라고 했음 율법을 어긴 자로 죄인이 될 상황에 놓인 것이다.

예수는 즉각적으로 반응하지 않고 땅에 무언가를 쓰면서 지금 이 상황이 어떤 상황이고 자신이 무엇을 원하고 있고 어떻게 하는 것이 최선의 방법인지 살펴본 후에, 이분법에 갇히지 않고 지혜롭게 문제를 해결하였다.

일상생활 속에서 부모를 택할 것인가 배우자를 택할 것인가 하는 등의 양자택일을 강요받을 때마다 배운 지식으로 문제를 해결하는 것에는 한계가 있다.

슬기로운 지혜는 배워서 알 수 있는 것이 아니라 분별하기 이전 자리에서 나올 수 있는 것이며, 분별하기 이전의 자리가 바로 본성의 자리다.

71

속았다

깨달은 자들의 공통된 말이 세상에 부처 아닌 것이 없고 깨닫지 못한 것이 없다고 한다. 유생물이건 무생물이건 간에 다 자신의 참나를 가지고 있다는 것이다. 즉, 고향이 없는 놈이 없다는 것이다.

견성한다는 것은 자기 성품을 본다는 것이고, 성품을 본다는 것은 고향을 찾아왔다는 것이다. 고향을 찾아왔다는 것은 자신의 내면에서 용광로처럼 이글거리는 욕망의 불길을 잠재웠다는 것이다. 그 불길을 잠재울 수 있었던 것은 분별하는 마음이 사라졌기 때문이다.

스스로 자신을 돌아보고 자신의 행동이 분별심에서 발동되고 있음을 알아차린다면 이것이 참나이다. 비록 보지 않아도 본 것과 다름없는 것이다. 왜냐하면 내 속에 이미 다 갖추어져있기 때문이다. 즉, 지식처럼 밖에서 들어오는 것이 아니라 내 속에 늘 자리하고 있는 것이다.

참나는 계좌 이체되어 있는 은행 통장과 같은 것이다. 계좌 이체해 놓으면 스스로 알아서 척척 잘한다. 통장이 장롱 속에 있든지 책상 속에 있든지 상관없다. 이것은 이미 내 속에 참나가 있기에 완전하고 온전하여 더하고 뺄 것이 없다는 말이다.

수행을 오래한 수행자일수록 그리하지 못한 수행자보다 자신의 생각이 분별심에서 비롯되었음을 잘 알아차리고 있음에도 불구하고, 긴 시간 동안 보고 들은 것들로 인해 자신이 만들어 놓은 관념화된 모양으로써 참나를 보고자 하니 보지 못하고 있는 것 같다.

어떤 거사들은 참나를 체험하지 못하고 스스로 만든 헛된 상을 본 것을 그것이라고 믿고 제자들에게 자신의 참나 체험담을 말하여 제자의 눈을 멀게 하기도 한다.

이상한 향기가 방을 가득 채우더라, 갑자기 시계 소리가 요란스럽게 들렸다, 눈앞에 온 천지가 노란색이더라는 등 자신이 경험한 참나 체험담을 실상인 양 말하는데 이것들은 밖에서 들어온 것들이라 허상일 뿐이다.

참나를 보고는 너무나 감탄스러워 이런저런 기이한 현상들을 보았다는 것은 참나를 본 후의 환희심에서 발동된 것이라 그럴 순 있을 것이다. 그러나 참나를 보기 전에 나타난 것들은 착각이거나 자신의 어리석은 생각이 만든 헛된 상에 자신이 속았을 뿐이다.

72

암호

마하반야바라밀다심경
관자재보살 행심반야바라밀다시 조견오온개공도일체고액

참나를 만나는 올바른 경
분별 전 마음으로 참나에 이르러 살펴보니,
오온이 공임을 앎으로써 모든 괴로움이 사라지도다.

법문을 즐겨 하시는 큰스님이라면 반야심경을 설하지 않은 분이 없지 싶다. 어느 법사 할 것 없이 그 설법에는 그 나름대로의 깊은 뜻이 담겨 있겠지만 그중 해국 스님의 설법은 나에게 반야바라밀다의 또 다른 의미를 깨닫게 하였다.

해국 스님은 마하반야바라밀다를 참나로 표현하였다. 물론 직접적으로 그리 말하지 않았지만 듣는 나는 그리 들었다. 마하반야바라밀다를 참나로 고쳐 읽어 보면 그 맛이 더 잘 살아 있다.

마하반야바라밀다를 우리 말 참나로 해독한 후 읽어 보면 색도 없고 공도 없고 6경이니 6근이니 하는 것도 없고 생도 사도 없으며, 오고감이 없으니 불생불멸인지라 등등 그 뜻풀이가 술술 잘도 풀려 나간다.

이 경을 한마디로 말한다면 삼세부처가 참나에 의지하여 깨달음을 이루듯이, 부지런히 마음 공부하여 참나 체험을 하라는 것이다.

북한에서 간첩이 내려와 남한에 미리 와 있던 간첩과 접선을 할 때 서로 암호를 말한다. 이쪽에서 부처 하면, 저쪽에서 뜰 앞에 잔나무, 이리 응답하면 같은 편이라는 것을 서로 알게 된다. 이것은 해국 스님이 화두라는 것이 무엇인지에 대해 예를 들어 설명한 것인데 정곡을 찔러준 화두 법문이 아닐 수 없다.

부처가 머라예?
뜰 앞에 잔나무니라
머라 했는교?
차나 한잔 하게나
알아 무서예~

73

화성 이야기

참나가 있는가 하고 물으면 있다는 말은 할 수는 있는데, 참나를 설명해 주려고 한마디 내뱉기도 전에 본질과는 너무 어긋나 있음을 목구멍 속에서 이미 알게 된다.

옛 조사들은 부처가 무엇인가요 하고 물으면, 뜰 앞의 잣나무, 똥막대기, 마삼근이라고 말하거나 손가락으로 허공을 가르는 동작을 하거나 물어보는 자의 머리를 주장자로 내리치거나 할을 하였다.

옛 조사들은 묻는 자가 스스로 깨닫도록 해 주기 위하여 물어보는 자의 기대와는 완전 엉뚱한 반응을 하는 심리 충격 요법을 사용하였는데, 그 효과를 본 자도 있겠지만 대다수 수행자들에겐 넘기 어려운 무문관이었을 것이다.

견성한 사람들 중에는 라마나 마하리쉬의 책들을 자주 인용하고 있어

나도 2005년도 출판된 『그대 자신을 알라』하는 책을 다시 펼쳐 보았다.

이 책을 아쉬람에서 공부할 때 옮긴이 김병채 교수님이 교육생들에게 나눠 주고 강의까지 했건만 그 당시엔 내가 발심하지 않아서 이해는 고사하고 관심조차 없었다.

참나가 무엇인지에 대해 깨달은 후인 지금 이 책을 다시 보니 신기하게도 이해가 안 되는 문구가 없을 뿐만 아니라 초등학생이 질문하고 대학생이 자기 수준에서 답변하는 정도의 내용이다.

화성에 갔다 온 사람이 가 보지 않은 자에게 화성에 대해 아무리 자세하게 설명한들 알아듣기는 고사하고 오히려 자세히 설명할수록 더 많은 궁금증만 일으킬 것이다.

참나를 보지 못한 자에게 참나를 설명해 주어도 보지 못한 것이기에 머리로는 이해는 할 수 있을지 모르나 그것을 가슴으로 체험하기는 어려울 것이다.

마하리쉬의 책처럼 참나를 직접 설명하는 책들은 견성을 체험하지 못한 수행자들에겐 좋은 나침판이라고 할 수 없다는 생각이 든다. 왜냐하면 수행자들은 아직 화성에 가 보지 못하였기에 글로 화성을 체험시키는 것이 가능하지 않을 것 같고, 수행자에게 참나라는 것이 이럴 거야 하는 헛된 상만 만들게 해 줄 것 같다.

74

선악과

우리에게 일용할 양식을 주시옵소서(마태복음 6장 9절)

성경에서 하나님이 천지를 창조할 때 인간을 창조하고
'잘 살아라.'라는 명령과 함께 첫 마디가 '이 모든 것을 너희의 먹거리로
준다.'였다. 그리고 해서는 안 되는 첫 금지 명령도 '먹지 말아라.'이다.

예수의 주기도문 중 앞부분은 하느님의 이름이 높아지길 원하고 하나
님의 나라가 임하길 원하고 하나님의 뜻이 이 땅에 이루어지길 원하며 뒷
부분은 인간을 위한 기도로 일용할 양식을 주소서, 용서하여 주소서, 시
험에 들게 하지 마소서이다. 이것은 깨달음을 이룬 후 보시하라는 불교
의 가르침과 맥을 같이하고 있다고 볼 수 있을 것이다.

주기도문에는 나에게 하지 않고 우리에게로 되어 있는데 오늘날에는
나에게라는 의미가 강하게 느껴지는 것은 불교가 대승불교니 소승불교

니 하면서 집단 아집으로 인해 나누어진 것과 무관하지 않다.

일용할 양식이란 내일까지가 아니라 지금 여기서 필요한 모든 것을 의미한다. 이것은 내일까지를 걱정하는 인간의 물질적인 집착을 내리라는 붓다의 뜻과 다르지 않다.

아담이 금지 명령을 어긴 것은 아담이 죽음이라는 것이 무엇인지를 알지 못했기 때문이다. 아담이 태어난 이후 죽음이라는 것을 본 적이 없으니 어찌 알겠는가?

하나님의 말씀에 아담은 죽음이 두려웠던 것이 아니라 죽음이 무엇인지에 대한 호기심으로 인하여 선악과를 따 먹었을 수도 있는 것이다.

인간들은 죽음이 무엇인지 알지도 못하면서 이런저런 다양한 종교의 세뇌로 인하여 확실한 어떤 근거도 없이 죽음에 대하여 막연히 두려워하고 있다. 이러한 죽음에 대한 괴로움에서 벗어나기 위해서는 깨달음을 얻어야 할 것이다.

아담이 사과를 먹기 이전의 에덴동산은 선수행을 하는 수행자의 생각하기 이전의 자리이며, 수행자의 마음의 고향이 될 것이며, 그곳은 불생불멸의 자리인지라 생로병사의 괴로움이 없는 열반의 세계라 해도 되지 싶다.

하느님이 온갖 먹거리를 주었으면서도 선악과만은 따 먹으면 죽는다고 한 이유가 어디에 있는지를 화두로 삼고 열심히 수행하면 좋은 열매를 맺게 되지 싶다.

75

자기 불교

붓다가 무엇을 깨달았는지는 정확히 알 수 없지만, 숭산 스님께서는 붓다가 6년 고행을 한 후 보리수 아래서 명상을 하다 별빛을 보고 내가 누구인가를 깨달았다고 하였다. 그래서 숭산 스님은 선수행의 시작은 자기가 누구인지를 아는 데부터라고 강조하였다.

숭산 스님은 선의 근본으로 수용과 위치 그리고 관계를 강조하였다. 수용이란 예를 들어 대학 교수라면 교수로서 해야 할 것을 하는 것을 말하며, 위치는 교수로서의 위치, 부모로서의 위치 등 자신에 맞는 올바른 위치를 말하며, 관계란 국가와 나와의 관계, 사회와 나와의 관계와 같이 올바른 관계를 지속하는 것을 말한다.

산은 산이요 물은 물인 현상의 세계에서 산도 없고 물도 없는 공의 세계가 지나면 다시 산은 산이요, 물은 물인 세계가 되고 이것이 실상의 세계라 하였다.

숭산 스님은 일상생활이 선 아닌 것이 없다 하였다.

배고프면 밥 먹고 누가 부르면 대답하고 잠 오면 잠자는 것을 선이라 하였다. 반면 밥 먹으면서 직장 일을 생각하는 것은 선이 아니라 하였다.

숭산 스님은 분별심을 내려놓아야 자기를 볼 수 있다는 것을 강조하기 위하여 답해도 30방이요, 답 안 해도 30방을 주장자로 맞을 것이라 하였다.

세계를 대상으로 포교활동을 하면서 한결같이 강조한 것이 자기 발견이었다. 숭산 스님은 이런저런 질문에 답하려고 하지 말고 그렇게 묻는 자가 누구인지를 알아야 한다고 하였고, 이 단순한 가르침이 수행자들을 모이게 한 동력이었다.

선수행을 함에 있어 백지상태의 수행자에겐 자신의 가르침이 스펀지가 물을 빨아들이듯이 빨려 들어가나, 경전 공부를 많이 하였거나 염불선 등을 하여 자신만의 불교를 가지고 있는 자는 그것을 다 지우고 백지상태로 만든 후 다시 가르쳐야 하니 더 어렵다 하였다.

많이 알고 있다는 것이 선수행에 문제가 되는 것이 아니라, 알고 있다는 것이 밖에서 가지고 온 것이라는 것을 깨닫고 내려놓을 줄 아느냐가 중요하다.

모르겠다는 것은 안다 모른다의 차원을 넘어 근본적인 것을 모른다는 것이다. 수행 중 이런저런 잡념이 떠오르고 그러한 잡념들이 질문이 되어 답을 강요할 때, 답을 찾을 것이 아니라 모르겠다 하면 그 많은 물음들이 한 방에 다 사라져 버리고 텅 빈 그 자리에 나는 누구인가에 대한 답이 있다는 것이다.

　결국 선수행을 통하여 궁극적으로 얻고자 하는 것은 자기 발견이며, 자기 발견이란 자신의 본성을 찾는 것을 말하며, 이것을 찾기 위해선 아상을 버려야 하고, 아상을 버리기 위해서는 밖에서 가져 온 모든 알음알이를 내려놓았을 때만 가능하다. 그 알음알이를 모두 내려놓기 위해서는 모르겠다가 답이다.

76

오래된 미래

그러므로 내일 일을 위하여 염려하지 말라 내일 일은 내일이 걱정할 것이요 한 날의 괴로움은 그날로 족하리라(마태복음 6장 34절)

주님의 청중들은 항상 가난했기 때문에 일상적인 의식주 문제를 걱정하였고, 이에 대해 예수는 내일에 대해 염려하지 말라는 가르침을 주었다.

평소에는 신앙이 많다고 자부하는 자들도 염려 앞에 놓이면 신앙을 적용할 겨를도 없이 염려의 포로가 되어 깊은 근심과 좌절 속으로 빠져들게 된다.

예수는 아직 일어나지 않은 내일의 문제까지 오늘 끌어안고 고민하고 괴로워하는 어리석음을 범하지 말고 오늘이라는 현재의 시간을 하느님의 뜻에 순종하면서 모든 염려를 하느님에게 온전히 맡기라고 하였다.

예수는 한 날의 괴로움은 그날에 족할 뿐 내일 일을 염려하기 전에 오늘을 하느님 앞에서 바로 살지 못하는 것에 대해 염려하라고 하였다.

오늘이라는 것을 정하게 되면 어제와 내일이 관념적으로 만들어져 버린다. 오늘을 내 스스로 만들지 않으면 어제도 없고 내일도 없는 것이다. 결국 시간이란 오고감도 없이 언제나 여여할 뿐인데 괜히 오늘을 정하므로 어제와 내일이 생겨났을 뿐이다.

세월은 여여하여 오고감이 없는데도 불구하고 굳이 세월을 시간으로 세분하여 백년이네 천년이네 하고 부르는 것은 무명으로 인한 자신의 어리석은 착각에서 비롯되었음을 깨치고 나서 보면 저절로 알게 된다.

어제는 후회의 샘터요,
내일은 불안의 바람구멍이다.
그러나
어제는 내가 만든 과거요,
내일은 오래된 미래일 뿐이다.

77

나만을 위한 우주

우주를 바라보면 이 우주가 내 중심으로 움직이고 있음을 볼 수 있고, 우주는 내가 원하기만 하면 내가 원하는 대로 한 치의 오차도 없이 그리고 조금도 어그러짐 없이 잘도 돌아가고 있다.

내가 40년을 기다린 후 지금이 견성할 때라고 생각하자마자 경주에 거처하는 백운 큰스님 앞으로 휘리릭 나를 데려다 놓았다.

견성 후 10년 정도 보림해야 하는데 60살에 견성하여 언제 보림할 건가 했더니 코로나가 세계를 덮어 버리고 식당 문을 닫고 집에서 오직 공부만 하도록 배려해 주었다.

우주는 YouTube 속에 배움의 길이 있음을 가르쳐 주고는 여기저기 나돌아 다니지 못하도록 코로나를 보초 세워 놓고는 원 없이 공부할 수 있도록 하였고, YouTube을 통해 이런저런 지식들이 배달되어 왔다.

우주는 내가 원하는 대로 견성 체험하도록 해 주었고, 또 필요한 시간만큼 보림하기 위하여 집안에 가두어 놓고 오직 공부만을 하도록 하였으며, 한 주를 일 년처럼 사용하도록 시간을 아주 길게 늘려 주었다.

우주는 날 위해 미리 YouTube를 만들었고, 이것을 통하여 만난 큰스님, 거사, 교수들이 수십 명이다. 옛날처럼 직접 찾아가서 만난다면 10년이라는 세월이 걸려도 가능할까 싶다.

우주는 내가 견성을 한 후 보림이 필요하다는 것을 알고 미리 YouTube를 개발해 놓은 것이다. 그리고 혼자서 할 수 있는 공부도 있지만, 만나서 수재식 배움도 필요할 때가 되어 가니 코로나의 기세가 꺾이고 약까지 개발된다고 하니 코로나가 스스로 알아서 자기 발로 슬그머니 사라질 명분을 찾고 있다.

코로나는 때가 되면 소리 없이 사라질 것이고, 코로나가 사라지면 산사로 찾아가 큰스님께 면대면 가르침을 받게 되면 나의 견성 체험 후의 보림도 어느 정도 이루어질 것 같다.

하늘을 보면 우주가 보이고, 이 우주의 기가 내 온몸을 감싸고 있고, 우주는 오직 나만을 위해 존재하며, 내가 원하는 모든 것들을 미리 준비해 놓았음을 알 수 있다.

78

우학 스님

스님하고는 시절 인연이 다했나 했는데 코로나 덕분에 자가 격리되어 집안에서 스님의 법문을 듣게 되었어요.

2년 수료 후 수행을 계속하고는 싶었으나 다리가 아파 좌선을 할 수 없어, 바닥에 앉는 것이 불편하여 법당에 가지 않았는데 YouTube에서 스님의 생활법문을 잘 듣고 있습니다.

코로나로 인하여 모두 불편해하고 있을 때 스님께서 법문을 시작하셨으니 코로나도 나쁜 것만은 아니네요. 비록 십여 분의 짧은 생활법문이지만 스님과의 소통이 이어지고 있어 참 좋습니다.

법문을 들어 보니 스님께서는 무문관에 계시는가 보군요. 늘 묵언으로 계시다가 이렇게 법문할 때만 말씀하신다는 스님의 말씀에 존경을 넘어 신비로움을 갖게 합니다.

스님께서는 몸소 무문관을 만들고 그 속에서 천 일을 수행하신 후에도 끊임없이 수행하고 계시는 모습에 불가제자들에게 큰 귀감이 되고 있습니다.

스님의 법문 중 대한불교 조계종에서는 매 10년마다 스님들이 조계종 계율에 따를 것을 맹세하는 서약서를 작성하고 그 안에는 모든 재물은 조계종에 기증한다는 서약이 있다 했지요.

속세의 사부대중들이 스님의 이러한 기증 서약을 하였다는 사실을 알게 되면 스님에 대한 믿음과 존경심은 더 커질 것이라 생각됩니다.

스님의 목소리에서 스님의 건강이 염려됩니다.
건강한 목소리로 좋은 법문 많이 하여 불자들이 깨달음을 이루어 성불하게 해 주시길 기원합니다.

79

8식

생각하기 이전의 자리인 실상계에서 한 생각이 일어난 것이 현상계이고, 잠이 들면 현상계에서의 헛된 상이 표출되는 것이 꿈일까?

행복했거나 아쉬움과 후회스런 꿈은 그 배경이 과거의 어느 한때이고, 불안이나 긴장감에 쫓기거나 성공하여 칭찬받는 꿈은 그 배경이 미래이다. 시공이 초월된 꿈도 있으나 배경이 지금 이 순간인 꿈은 잘 나타나지 않는다.

잠이 들었을 때 꿈이 나타나기도 하지만 나타나지 않을 때도 있는 것은 잠들기 직전 강한 집착이 있었는가에 따라 다르다. 예를 들어 실패에 대한 강한 불안감을 갖고 잠들면 무서운 야수에게 쫓겨 도망가는 꿈을 꾸다 막다른 길에서 꿈을 깬다. 그러나 밥 먹고 공부하는 등의 일상생활 경험들은 꿈에 잘 나타나지 않는다.

실상계의 꿈이 현상계이고 현상계에서 잠들었을 때에 나타나는 것이 꿈이라면, 현상계의 이런저런 헛된 상들이 실상계의 꿈속에서 마음껏 상상을 펼치고 있는 중이라 할 수 있는 것일까?

생사에 관하여 두 가지를 생각해 볼 수 있다. 그중 하나는 바다에서 일어난 수많은 파도의 한 조각처럼 찰나에서 일어난 어느 한 생각이 사라지면 그 한 생각 속에 있던 모든 것도 동시에 사라져 버리는 것이다.

내가 죽으면 나만 사라지는 것이 아니라 우주 전체가 없어진다는 것이다. 이러한 세계관이 깨달은 자들의 세계관이다. 즉, 죽고 사는 것이 실상이 아니라 한순간의 헛된 상에 불과할 뿐이라는 것이다.

다른 하나는 윤회설이다. 시절 인연이 다하면 몸뚱어리는 지수화풍으로 돌아가고, 8식이 갈애에 따라 반복적으로 윤회한다는 것이다. 이것은 깨치지 못한 자들이 갖고 있는 세계관이다. 즉, 죽는다는 것은 나의 육체만 죽을 뿐이지 우주는 그대로 남아 있고 8식이 계속 윤회를 반복적으로 해 오고 있다는 것이다.

80

시절 인연

부처가 무엇입니까?

뜰 앞의 잔나무니라.

똥 막대기니라.

마서근인지라.

부처가 무엇인지 공손하게 질문하는 수행자에게 던져진 답이 화두가 되어 다시 되돌아왔을 때 수행자로서는 참으로 난감하였을 것이다.

부처가 무엇입니까? 하고 삼배한 후 공손히 물었더니, 느닷없이 주장자로 머리를 때리니 얼마나 황당하였을까? 또 어떤 이는 할을 하거나 손가락을 세우거나 차나 한잔하세 하니 답을 구하고자 천 리 먼 길을 찾아온 수행자의 마음은 참으로 답답하였으리라.

견성을 단박에 깨치게 해 주는 것을 직지인심이라 한다.

부처가 무엇입니까 하고 물으면 그대가 생각하는 부처는 어떤 것인가

하고 되물었다면 수행자는 스스로 그 답을 찾으려 하였을 것이고, 그 답을 찾고자 하는 놈이 누구냐? 하고 또다시 물었다면, 그 선지식인과 시절 인연이 맞아 떨어진 수행자라면 견성 체험을 이루었으리라.

뜰 앞에 잔나무를 보는 것은 부처나 중생이 다르지 않다. 그러나 잔나무가 크다 작다 하는 분별심이 발동하면, 즉 2차 화살을 맞는 순간 중생과 부처로 나뉘어져 버린다.

그대가 뜰 앞의 잔나무를 본 그 마음이 부처요, 크다거나 작다거나 하는 그 마음이 중생입니다 하고 곧바로 가르쳐 주었다면, 수행자가 자기 본성을 보는 데 주장자로 머리를 맞는 아픔보다 더 도움이 되었지 않았을까?

수행을 너무 오래하면 아상으로 인해 자기만의 부처를 만들어 가지고 다니고, 수행이 부족하면 물이 얕아 배를 댈 수 없는 이치라, 적절한 시기에 시절 인연이 맞아야만 줄탁동시가 되어 견성하리라.

81

대자유인

그러므로 예수께서 자기를 믿는 유대인들에게 이르시되 너희가 내 말에 거하면 참 내 제자가 되고 진리를 알지니 진리가 너희를 자유케 하리라(요한복음 8장 31절)

수행을 통하여 상에 시달림 없이 자신의 본성을 깨달은 자는 대자유인이 되리라(금강경)

예수가 말한 자유란 죄와 죽음으로부터의 자유, 율법으로부터의 자유, 자신이 처한 상황으로부터의 자유, 자기로부터의 자유를 말한다.

육신의 죽음이라는 장막을 벗고 온전한 생명을 누리기 시작하는 관문이라는 것을 믿는 자는 죽음으로부터 자유를 누리니라.

율법을 지키려고 하면 할수록 지키지 못하는 죄책감과 갈등, 고통이 따르지만 예수를 믿으면 생명의 빛으로 인도받으리라.

풍랑이 이는 배 위에서도 잠자는 예수의 선함을 믿는 자는 어떠한 상황에도 자유로움을 갖게 되리라.

자기를 부인하고 자기 십자가를 지고 예수 뒤를 따를 때 뿌리 깊은 자기중심성과 이기심으로부터 자유로움을 느끼게 되리라.

성경 말씀과 경전 말씀 간에는 일맥상통하고 있다. 그러나 성경이나 반야심경 그리고 금강경 등은 깨달은 자만이 그 의미를 제대로 알 수 있을 뿐이다.

성경이나 경전의 묘한 이치를 알기 위해서는 자기 자신이 스스로 깨닫거나 아니면 깨친 자로부터 가르침을 받아야 한다. 그렇지 않으면 자신의 이상에 따라 제멋대로 헛된 상을 만들기에 결국 무명에 빠질 뿐이다.

82

영적 능력

하느님은 태초에 말씀으로 천지를 창조하고 흙으로 아담을 만든 후 입김을 불어 혼을 불어넣었고 당신과 통할 수 있는 영적 능력을 주었습니다. 그리고 홀로인 아담을 즐겁게 해 주기 위해서 이브를 창조하여 함께 에덴동산에서 행복하게 살게 하였습니다.

두 사람이 너무 행복해하자 이를 시기한 사탄이 뱀으로 변해 아담으로 하여금 선악과를 따먹게 하였고 하느님은 이들에게 영적 능력을 없앤 후 지상에 가서 살게 했어요.

아담과 이브는 하느님과의 소통 없이 살다가 예수를 매개로 영적 힘을 회복하였는데, 이는 모든 인간들에게 회복시켜 준 것이 아니라 예수를 통하여 하느님을 믿는 자들에게만 영적 힘을 주신 것입니다.

하느님은 예수를 통해서만 영적 능력을 주었으므로 예수 외의 다른 우상을 통해서는 하느님을 영접할 수 없으며 하느님의 나라로 들어올 수 없다고 하였습니다. 하느님의 나라인 천국에 들어올 수 있는 자는 예수를 통하여 하느님을 믿는 자뿐입니다.

위 내용을 선불교 입장에서 재해석해 보면 예수는 선지식인이 될 것이며, 성령이 있는 자만이 하느님을 영접할 수 있다는 것은 진실로 수행을 해 왔던 수행자만이 참나를 체험할 수 있다는 것과 같을 것입니다.

천국에 이를 수 있다는 것은 깨달음을 통하여 해탈과 열반에 이르렀다는 것과 맥을 같이하지 않겠습니까?

83

시기와 질투

카페를 운영하던 중 회원들 간의 사소한 불화로 회원들이 카페를 탈퇴하여 활동을 못할 정도로 어려움에 처해 있을 때 누구보다 먼저 손을 내밀어 도움을 주던 자가 일이 잘 풀려 카페가 정상 궤도에 들어섰다고 생각될 때쯤에, 카페지기와 회원들 간에 이간질을 하여 다시 카페가 와해되도록 조장하고 있는 자가 다름 아닌 바로 그 자라면, 당신은 믿을 수 있겠는가?

인간에겐 기뻐할 수 있는 감정이 있는 반면, 슬퍼할 수 있는 감정도 가지고 있으며 측은지심을 가지고 있는 반면에 질투심 또한 갖고 있다. 인간의 감정을 들여다보면 기쁨, 슬픔, 좋아함, 싫어함, 사랑, 증오, 분노, 환희 등 양면으로 되어 있고 울다 웃다 하듯이 감정이 쉽게 잘 바뀌기도 한다.

많이 기뻐하는 자가 그만큼 슬픔도 더 많이 느끼는 것은 보통 사람들에 비해 감정 기복의 범위가 넓기 때문이다. 불쌍히 여겨 도움을 주고자 하는 마음이 크면 클수록 잘난 자에 대한 질투심 또한 그만큼 크다고 할 수 있을 것이다.

 인간관계를 오래 잘 지속하기 위해서는 내가 어려울 때 선뜻 도움의 손길을 내민 자에게는 언제나 그의 도움이 필요로 하는 내가 되어 있어야 한다. 그러하지 않고 내가 더 이상 그의 도움이 필요가 없다는 신호를 보내는 순간부터 그의 시기심이 발동되고, 이로 인해 여태까지 쌓아 올린 공든 탑이 한순간에 무너져 내릴 수가 있는 것이다.

 이러한 일들은 인간사에 흔히 있는 일이라 이것을 삶의 이치라 할 수 있을 것이다. 결국 깨달았다는 것을 달리 말하면 삶의 지혜를 얻는 것이고 이것을 도라 할 것인데, 올바른 삶의 이치를 알기 위해서는 무엇보다 먼저 견성을 하여야 할 것이다. 왜냐하면 견성은 공부의 출발점이며 지혜를 담은 그릇이라 할 수 있기 때문이다.

84

처녀무당

꿈에서 깨어나면 잠자는 나요

잠에서 깨어나면 생각이 일으킨 망상 속이요

망상인줄 모르고 살아가는 게 현상이요

생각이 만든 현상에서 깨어나면 실상이다.

사는 이치 또는 도가 무엇이요? 하고 물으면 허상을 허상인 줄 알고 실상을 실상인 줄 알고 살아가는 것이 삶의 이치요, 도입니다. 그리고 부처가 무엇입니까 하니 뜰 앞의 잣나무입니다 하고 답했는데, 이 말뜻을 알아들었다면 도를 깨달았다는 것이다.

도를 깨달음에 있어 보조국사 지눌 스님은 돈오점수라 하였고 종정 성철 스님께서는 돈오돈수라 하였다. 두 분이 도를 논함에 있어 단박에 깨달았다는 돈오에는 이견이 없다.

도를 깨달아 감에 있어 보조국사 지눌은 견성을 할 것을 전제로 하고 도를 논하였다. 견성을 함에 있어 '모르겠다.' 하면 일체의 생각을 내려놓을 수 있고, 생각이 내려놓은 그 자리가 본성 자리라 하였다. 생각을 내려놓는다는 것은 달리 말하면 자신의 아상을 내려놓았다는 것이다.

생각이 끊어지고 말문이 닫힌 그 자리가 본성의 자리인데, 그 자리를 보았다고 해서 삶의 이치를 모두 깨치는 것이 아니다. 예를 들어 처녀가 점집에 갔다가 갑자기 신기가 들었다 하여 한순간에 무당 노릇을 할 수 없는 것과 같다 할 것이다.

견성이란 이제 겨우 지혜의 눈이 열렸다는 것이다. 달리 지혜를 모아 담을 수 있는 그릇이 생겼다는 것이다. 견성 후 그릇에 지혜를 담아 가는 과정을 점수라고 하는 것이다.

종정 성철 스님은 당대 최고의 학승이다. 8만 4천 법문에 통달하여 막힘이 없었다. 그러나 선지식인들 중에는 종정 성철 스님께서 견성하였다고 인정하지 않는 자도 있다.

종정 성철 스님께서는 파계사 토굴 속에서 10년간 수행을 한 것으로 알려져 있는데, 이때 종정 성철 스님께서는 사는 이치를 깨치고 보니 더 이상 닦아야 할 도가 없게 되었다. 달리 말하면 학문을 통하여 어느 한순간에 사는 이치에 대해 막힘이 없게 된 것이다. 종정 성철 스님이 이처럼 깨쳤으니 어찌 돈오돈수라 하지 않겠는가?

결론적으로 말하면 돈오점수라 해도 맞고, 돈오돈수라 해도 틀리지 않는다 하겠다. 왜냐하면 도를 깨침에 있어 출발점이 서로 달랐기 때문이다.

85

색즉시공

조건오온개공

오온이 공함을 보았다는 것은 자신의 성품을 보았다는 것이다. 그리고 깨치게 되니 괴로움이 스스로 달아나 버리더라는 것이다.

깨치지 못한 중생들이 반야심경을 수없이 염불하고 외우고 사경하였지만 그 뜻이 와닿지 않은 것은 자신이 깨치지 못하였기 때문이다.

깨친 자가 깨치지 못한 자들을 위하여 뜻풀이해 놓은 글들도 이해하기 어려운데, 방대한 책들을 압축해 놓은 글을 깨치지 못한 자들이 이해하기는 더욱 어려울 것이다.

깨치지 못한 자가 '오온이 공하다.'라는 것에 대하여 자기 나름대로의 상을 만들고, 그 상에 따라 관념적으로 공을 이해하고자 하나 이해는 고사하고 무지에 빠질 뿐이다.

오온이 공하다는 것을 바로 보지 못하였다면 색즉시공이 이해될 수가 없다. 그저 머릿속에 허상을 그리고 자기 나름대로 '이럴 것이다.'라고 상상할 뿐이다.

오온이 공하다는 것을 말이나 글로 가르쳐 줄 수 있는 것이 아니다. 가르쳐 줄 수 있는 것이라면 역대 조사들이 주장자로 수행자의 머리를 때리지 않았을 것이고 차나 한잔하라고 하진 않았을 것이다.

아무리 해박한 법사를 만나 그에게 법문을 듣는다고 해서 반야심경을 이해할 수 있는 것이 아니다. 오직 스스로 깨칠 때만이 가능하다.

86

인간과 신

나의 하나님 나의 하나님 어찌하여 나를 버리셨나이까(마태복음 27장 46절)

하나님이 세상을 이처럼 사랑하사 독생자를 주셨으니 이는 그를 믿는 자마다 멸망하지 않고 영생을 얻게 하려 하심이라(요한복음 3장 36절)

하나님에 대한 예수의 절규는 당신이 신이 아닌 인간의 모습으로 왔음을 보여 주고 있다. 즉, 예수의 외침은 한 인간으로써 인간의 죄를 사해 주길 하느님께 간절히 비는 모습을 보여 주고 있는 것이지 당신이 버림받았다는 한탄을 나타내는 것이 아니라 할 것이다.

그 당시 상황에서 예수가 하느님의 분신 또는 하느님의 아들로 왔다고 예수를 따르는 인간들이 믿게 되었다면, 십자가에 못 박히는 등 그 모든 일들이 하느님이 혼자 만든 원맨쇼가 되고 말았을 것이다.

하느님이 예수에게 영적 힘을 주신 이유는 믿지 않은 인간들을 심판하려 하심이 아니라 세상에 하느님이 어떤 분이신지 보여 주기 위해 그리고 당신의 존재를 믿도록 하여 인간들이 올바른 삶의 길로 나아갈 수 있도록 인도하기 위함일 것이다.

붓다가 도솔천에 있으면서 마야부인의 배 속에서 태어났다고 불교에서 말하기도 하는데 이처럼 붓다를 신격화시켜 버리면 기복 종교로서는 의미를 가질지는 몰라도 붓다가 보인 6년 고행과 보리수 아래에서의 견성과 50년 동안 한 설법은 한순간에 신이 만든 거짓말이 되고 만다.

예수나 붓다 모두 인간이기에 다른 인간들이 자신이 할 수 없는 극한의 한계를 넘어선 것에 감탄하고 당신들을 닮고자 하는 것이지, 만약 당신들이 정말 인간의 모습을 한 신이라면 인간이 할 수 있는 것이라곤 자기 자신이 바라는 것들이 이루어지도록 신에게 싹싹 비는 것 외는 할 일이 없다는 것을 보인 것 외는 아무것도 아닌 것이다.

예수가 인간이었기에 다른 인간들도 예수를 통하여 영적 능력을 회복하고 하느님을 영접하길 기원할 수가 있는 것이고, 붓다가 인간이었기에 다른 인간들이 그를 닮고자 당신이 걸어간 그 길을 따라 걸어가면서 해탈과 열반을 위하여 수행을 할 수 있는 것이다. 이해할 수 있는 것이 아니다. 오직 스스로 깨칠 때만이 가능하다.

87

자극과 반응

    정신이상자의 행동에 대해 옛 조상들은 귀신이 몸속에 들어왔다고 생각하고 퇴마사가 몸 밖으로 귀신을 내보는 의식을 행하였다. 천도재도 그런 의식 중 하나이다.

    정신이상자에 대한 어떠한 의학적 처방도 모르고 있을 때에 프로이드의 정신분석적 심리치료 이론은 그 분야의 학자들에게 아주 많은 지적 호기심을 야기했다.

    실질적이고 객관적인 경험과 지식을 좋아하는 서양인들은 그 후에 왓슨 등에 의해 개발된 행동주의적 심리치료에 더 많은 관심을 가지게 되었다.

    정신분석치료가 비정상적인 사람을 대상으로 하고 있는 반면 행동치료는 정상인을 대상으로 하고 있어 그 적용 대상이 더 넓었고 그래서 학계의 주류가 되었다.

행동치료의 기본 이론은 아주 간단하다. 동일한 자극을 주면 동일한 반응을 한다는 것이다. 그래서 인간 행동은 사회에서 학습된 것으로 보았다. 그 후에 관찰과 실험을 중시하는 이들은 결국 자극을 주면 똑같은 반응을 하는 것이 아니라 그때의 환경에 따라 다르게 반응함을 알게 된다.

인간뿐만 아니라 동물들도 단순한 자극에 의한 반응이 아니라 생각이라는 인지구조가 작용됨을 알게 되었고 이로 인해 인지적 정서적 상담이론이 개발되었다.

인지치료는 콩 심은 데 콩이 나오지만 어디에 심었는지에 따른 결과물이 질적, 양적으로 다르다고 하는 불교의 인연과 원리와 유사하다고 할 수 있다.

어떤 집안에서 태어났는가보다 맹모삼천처럼 어떤 연을 만나는가에 따라 결과가 달라지듯이 수행자 또한 그를 가르치는 스승이 누구인가에 따라 견성을 하고 못함에 큰 영향을 준다.

불교에서는 시절 인연을 중시한다. 그래서 자신에게 맞는 스승이란 학식과 덕을 갖춘 스승이라기보다는 자신이 믿고 온전히 따를 수 있는 선지식인을 스승으로 삼아야 견성을 하는 데 더 많은 도움이 될 수 있을 것이다.

88

동양 철학

60년대 초에 미국 선교사들에 의해서 처음으로 소개된 집단 상담이 금방 여러 대학에서 학문으로 자리 잡았고, 집단 상담이 전국적으로 행해지자 교육학을 전공한 교수들이 급하게 미국 유학길에 올랐다.

누구보다도 먼저 신학문을 배우겠다는 불타는 학구열을 가지고 미국으로 날아간 교수들은 깜짝 놀라게 되었다고 한다. 이들은 새로운 서양 학문을 배우기 위해 처자식을 뒤로하고 달려갔건만 가서 보니, 서양 학자들은 동양 철학을 공부하고 있더라는 것이다.

동양 철학의 가치를 모르고 있던 한국의 학자들이 미국의 상담 심리학자들이 동양 철학을 연구하고 있는 것을 보고 자기 반성이 저절로 되었을 것은 미루어 짐작하고도 남을 일이다.

상담 심리사들에게 아주 인기가 있는 로저스의 인간중심상담 이론은 동양 철학을 바탕으로 하지 않고는 나올 수 없는 상담 이론이다. 로저스는 선생으로 학생을 가르치는 것이 아니라 내담자가 스스로 성장해 나가도록 도와주는 조력자의 역할을 하였다.

상담 중 로저스는 내담자로 하여금 자신의 문제에 대해서 말하도록 하고 자신은 내담자가 말하고 있는 중에 꾸벅꾸벅 졸기까지 하였다. 이것은 내담자 스스로 자기문제를 해결할 능력이 있음을 믿기 때문이다.

불교에서는 '모든 업은 내가 짓고 내가 받는다.'라고 한다. 결국 내 삶의 모든 문제를 내 스스로 만들었고 그 문제를 해결할 능력 또한 나만이 가지고 있다는 것이다.

서양에서는 두드려라 그럼 열릴 것이라 하지만, 불교에선 이미 열려 있어 그냥 지나갈 뿐이라고 하였다. 서양에서는 지식을 밖에서 찾았지만 불교에선 지혜를 안에서 찾았다.

결국 수행이라는 것은 밖에서 지식을 구하는 것이 아니라 내 안에서 진리를 찾는 것이며, 그 출발점은 '이 머꼬~?', 즉 내가 누구인가를 알고자 하는 데서 출발되어야 할 것이다.

89

신의 배려

유정물, 무정물 할 것 없이 우주마발통 중에 인간만 빼고 나면 어느 것 하나 할 것 없이 서로 비교하지 않고 그저 주어진 환경 속에서 여여할 뿐이다.

우주 속에서 다들 저마다의 역할이 있어 존재의 의미를 갖는다고 하는데, 오직 인간만이 지구상에서 우주를 더럽히고 있어 그 존재의 의미를 찾기가 어렵다.

인간들이 지구상에서 떼거지로 모여 살면서 우주에 어떤 도움을 주었고 어떤 해를 끼치고 있는가를 생각해 보면, 이익보다는 그 피해가 더 많다고 생각된다. 그중 가장 큰 피해는 생태계 파괴다. 그것도 인간만이 유일하다.

지구가 아름답게 그리고 에덴동산처럼 천국이 되기 위해서는 인간을 없애 버리는 것이 유일한 방법이라면 신은 조금도 망설임 없이 그리하지 싶다. 지구상에 공룡이 사라지듯이 말이다.

다른 생명체와는 달리 인간들은 자기 파괴의 본능을 갖고 있고 그것이 자신과 가까이 있는 인간들과 서로 비교를 하도록 하여 시기와 질투로 인한 아집을 만들었다.

인간만이 오직 자기가 아니면 안 된다는 아집, 즉 아상에 빠져 붓다가 말하는 2차 독화살을 맞고 허상 속에서 살아가고 있다.

인간이 우주에 아무런 도움도 되지 않고 해만 끼치고 있지만 인간으로 존재하도록 내버려 둔 것은 깨달음을 이룰 수 있도록 한 신의 배려가 아닐까 한다.

90

모양 짓기

인간은 자기 자신뿐만 아니라 보고 들리는 모든 것에 자신들 마음대로 이름을 짓고 모양을 만들어 놓았다. 이로 인해 모든 것들이 생각에 따른 허상세계가 되었고, 이 허상세계를 각자의 실상세계로 알고 살아가고 있다.

한 예로, 소나무라고 인간 마음대로 이름 지었을 뿐, 소나무에게 동의를 받고 부르고 있는 것은 아니다.

눈에 보이지 않은 것들에 대해서도 바람이니 공기니 하면서 이름을 지어 부르고, 형체도 없는 것에 바람, 구름 공기, 바다 하면서 인간 마음대로 모양을 만들어 놓았다.

인간들은 눈에 보이거나 들리는 것에만 이름 붙이는 것이 아니라 느끼고 맛보고 냄새 맡고 그리고 생각만으로 떠올릴 수 있는 것에도 상을 만들어 이름 지었다.

모든 것에 이름 짓고 형상화하면서 살아오다 보니 이러한 것에 너무나 익숙해져서 인간이 생각으로 만든 헛된 상에 의해 살아가고 있다는 것을 이해조차 못하고 있다.

현상세계가 꿈과 다를 바 없다고 선지식인들은 말하지만, 눈에 보이는 것과 자신이 형상화할 수 있는 것만 실재라 믿고 있는 인간들을 이해시키기가 쉽지가 않다.

자신이 살고 있는 이 현상계가 살상이 아니라 스스로 이름 붙이고 모양화한 세계임을 알아차리기 위해서는 스스로 깨어 있어야 하고, 생각이 끊어지고 말길이 막힌 생각 이전의 그 자리로 돌아가야 한다.

인간은 살아오면서 생각과 동시에 상을 만드는 자동화가 되어 있어 본성을 상으로 보고자 하지만, 상으로 보고자 하는 순간 생각하기 이전 자리에서 이미 벗어나 버린다. 본성은 작용이 일어날 때 있고 작용이 없는 것이다.

91

아난

붓다 시절에도 사창가가 있었는데, 아난이 혼자 걸식을 나갔다가 사창가 여인네의 마취 향과 주술에 빠진 것을 알고 붓다는 급히 문수보살을 보내 신통력으로 아난을 구해 왔다.

아난은 자신의 어리석은 행동들이 깨달음을 이루지 못함에 있다고 생각되어 깨달음을 성취할 수 있도록 붓다에게 능엄경을 설하여 줄 것을 간청하였다.

마음이 어디에 있는가?
몸 안에 있는 것 같습니다.
몸 안에 마음이 있다면 간이며 쓸개 등이 보이나?
보이지 않습니다. 그러니 몸 밖에 있는 것 같습니다.
몸 밖에 있다면 어떻게 네 몸을 조종할 수 있나?
다시 생각해 보니 눈 안에 있는 것 같습니다.

마음이 눈 안에 있다면 네 눈을 보아야 하는데 보이는가?

보이지 않습니다. 다시 생각해 보니 마음이 몸속에 있으면서 눈구멍으로 밖을 보는 것 같습니다.

그럼 깜깜함을 보는 것이 모두 네 배 속을 보는 것인가?

그리고 눈구멍으로 본다면 네 얼굴을 볼 수 있느냐?

생각해 보니 그것도 아닌 것 같습니다.

내 한 생각이 일어 마음이 되고, 그 한 마음이 법을 이룬다 하겠습니다.

아난아 마음이 형체가 있느냐?

아난이 답을 못하자

아난아 들어서 아는 것은 네 말이 아니다.

깨달은 자가 할 수 있는 말이 아난에게서 나오자 붓다는 문답을 통하여 아난을 깨닫게 할 수 없다는 것을 알고 아난에게 달을 잘 비출 수 있도록 거울을 깨끗이 닦도록 당부하였다.

혹자들은 붓다가 사촌동생인 아난에게 시중을 들도록 한 것은 붓다 생전에는 아난이 깨치지 못한다는 것을 붓다가 미리 알고 있었기 때문이라고도 한다.

깨달은 자만이 할 수 있는 말을 깨닫지 못한 자가 말하게 되면 그 말을 들은 깨달은 자는 단박에 그 말이 진실하지 못함을 안다. 마치 산에 올라본 자가 올라가 보지 않은 자가 하는 말에 허점이 있음을 단박에 척 알아보는 것과 같은 이치이다.

92

중도

'연기를 보는 자 여래를 보리라.' 할 정도로 연기법은 붓다의 핵심 사상
이다. '연기법은 곧 중도이다.'라고 한다. 그래서 붓다의 핵심 사상은 연
기법과 중도이다.

이것이 있고 저것이 있을 때 이것과 저것을 없애면 그 중간이 남는다
할 것이지만, 그 중간이 중도는 아니다.

현재가 있다고 규정짓게 되면 과거가 만들어지고 미래가 생겨난다. 이
럴 때 과거를 지우고 미래를 없애 버리면 현재라는 이름을 붙이는 것이
무슨 의미가 있을까?

양극단을 잘라 내고 난 다음 다시 또 양극단을 잘라 내고 또 양극단을
잘라 내어서 눈으로는 양극단을 볼 수가 없을 정도로 작아졌다 해도 양극
단이 없는 것은 아니다.

인간의 감정은 좋다, 그저 그렇다, 나쁘다이다. 이 중 좋다, 나쁘다를 빼면 그저 그렇다가 중도라고 말할 수 있을 것인가?

붓다가 말하는 중도란 거문고 줄을 적당히 잡아당기거나 양극단을 배제하는 수준이 아니라 새로운 패러다임으로 이해해야 할 것이다.

예를 들어 좋다 싫다는 감정의 양극을 없애거나 그 양극 사이에 갇히기보다는 그러한 감정에서 벗어나 그 감정 전체를 한눈에 꿰뚫어 보는 것을 중도라고 함이 더 맞는 말이 아닐까 하는 것이 내 생각이다.

93
우리는 하나

깨달은 자들의 공통적으로 하는 말 중에는 내가 있어야 우주가 있고 이 우주는 하나라는 것이다. 즉, 나 아닌 것이 없다는 것이다.

나는 어째서 돌은 돌로 보이고 나무는 나무로 보일까? 나와 돌이 그리고 나무와 내가 하나로 보이지 않을까? 옛 조사들은 깨치면 모두가 하나로 보인다고 하였는데 나는 하나로 보이지 않고 나와 너로 둘로 보이니 내가 견성을 체험한 것이 아니라 헛것을 체험한 것은 아닌가 하는 의심이 들기도 했다.

나는 견성을 체험한 이후에 비록 우주의 모든 것이 하나로 보이지는 않지만 그래도 하나로 연결되어 있다는 것만은 믿어질 수가 있다.

서로 연결되어 있음을 느끼면서도 하나라는 일체감이 들지 않은 것은 너와 나를 구분 짓고 있던 습이 완전히 빠져 나가지 않아서 분별하고 있기 때문일 것이다.

적들에게 병력 수가 많다는 것을 보여 주기 위하여 손에 손을 잡고 깜깜한 밤에 강강술래를 외치던 사람들의 마음속에는 서로 연결되어 있다는 믿음이 있었을 것이다.

나와 나 아닌 모든 것들 간에는 같은 허공 속에서 같은 공기를 마시고 햇볕을 함께 쬐고 있고, 같은 물을 마시고 모든 만물의 몸뚱어리가 지수화풍으로 되어 있으니 어찌 서로 연결되어 있다 하지 않겠는가?

수없는 파도가 일어났다 다시 바다로 되돌아가 하나가 되듯이 우주의 모든 것이 하나라는 완전한 믿음이 있기 위해서는 본성을 체험한 후에도 더 많은 깨달음을 통하여 분별심을 내려놓을 수 있어야 가능할 것 같다.

94

나는 모른다

붓다는 B.C. 563년에 출생, B.C. 483년에 사망. 소크라테스는 B.C. 469?년에 출생, B.C. 399년에 사망. 붓다 사후 14년에 소크라테스가 태어났다. 그리고 그의 아버지는 아테네의 조각가였다.

소크라테스는 철학적 토론을 좋아하여 다양한 계층의 제자들이 그를 찾아 모여들었다. 그 당시 강의를 통해 세속적인 부를 누렸던 소피스트와는 달리 강의 비용을 받지 않은 등 현실적인 부에는 관심이 적었다. 그는 왜소한 체격과 투박한 외모이나 체력이 좋고 참을성이 많았으며 느긋한 성격으로 사색에 잠기길 좋아하는 철학자였다.

선불교에선 부모에게서 태어나기 전에는 어디에 있었고 죽은 후에는 어디로 가는 줄도 모르면서 왜 그리 급하게 그리고 바쁘게 살아가는가를 물으면서 이번 생에 가장 먼저 해야 할 일이 나는 누구인가를 아는 것이라 하였다.

소크라테스는 제자들의 질문을 받고 답하기보다 먼저 질문하여 답하도록 하였다. 그리하여 제자들이 답하는 과정에서 스스로의 무지를 알게 하였다. 너 자신을 알라. 나는 내가 모른다는 것을 알고 있다고 하면서 인간 스스로의 무지에 대한 자각과 문답법을 이용한 내면적 탐구는 고대의 철학적 관점을 자연에서 인간으로 옮겨 놓았다.

소크라테스와 붓다 간에는 유사성이 많다. 그중 하나가 강의 비용을 받지 않았다는 것이다. 강의 비용을 받지 않고 가르쳤다는 것은 가르침에 대한 목적이 같다는 것이다.

붓다는 찾아온 사람의 근기에 맞게 아주 자세하게 말하여 누구라도 알아들을 수 있도록 하였듯이, 소크라테스도 찾아온 제자가 자신이 모른다는 것을 자각할 수 있도록 묻고 또 물었다.

보조국사 지눌이 선의 출발을 '나는 모른다.'에 두었듯이, 소크라테스도 배움의 시작을 '나는 모른다.'에 두었다. 붓다 또한 무명에서 비롯됨을 연기설로 설법했다.

'나는 모른다.' 또는 내가 모르고 있다는 것을 나는 알고 있다 함을 강조한 것은 자신의 잘못된 알음알이를 내려놓아야만 새로운 참다운 지혜, 즉 본성을 담을 수 있는 여지가 생긴다는 것을 가르치고 있는 것이다.

95

전경과 배경

붓다는 모든 것이 마음에 있다 하여 일체유심조라 했듯이, 게슈탈트 상담 이론에서도 마음을 어디에 두는가에 따라 전경이 되기도 하고 배경이 되기도 한다는 것이다. 이 이론에 의하면 인간이 대상을 인식할 때 자신에게 관심 있는 부분은 지각의 중심 부분으로 떠올리지만 나머지는 뒤로 보낸다. 이때 떠오른 것을 전경, 뒤로 밀려난 것은 배경이다.

2박 3일 정도의 여행을 하고 집에 돌아와 잠자리에 누웠을 때 떠오른 상이 전경이고 나머지는 배경이다. 이것은 개체에 의해 지각된 자신의 행동 동기에 따라 전경이 되기도 하고 배경이 되기도 한다.

전경으로 떠오른 상은 미해결된 상태이다. 이것이 완결되면 배경으로 사라진다. 이 미해결 과제를 해결 짓는 방법은 지금 여기를 알아차리는 것이다.

알아차림이란 배경이던 것이 어떤 유기체 욕구나 감정이 신체감각을 통해 전경으로 떠올리고 이를 해소하기 위해 에너지를 동원하여 환경과의 접촉을 통하여, 행동 동기가 해소되어 다시 배경으로 사라짐을 말한다.

수행자들이 명상을 하거나 참선을 할 때 가장 어렵고 힘들어하는 것이 시도 때도 없이 떠오르는 생각들이다. 그러나 이 떠오른 생각들 대부분은 자기 생각이 아니라 권위자에 동조하는 생각들뿐이다.
권위자의 가치관에 끌려간다 싶을 때 다음과 같이 자신의 생각을 바꾸어 보라.

내가 ~할 수 없다를 나는 ~하지 않겠다.
나는 ~를 해야 한다를 나는 ~하기를 선택했다.
나는 ~가 필요하다를 나는 ~를 바란다.

견성을 하기 위해서는, 자신이 가지고 있는 모든 지식을 내려놓으라고 하는 이유가 권위자의 행동이나 가치관을 무비판적으로 받아들여 그것이 나 자신의 본래 모습을 가리는 가면 역할을 하고 있기 때문이다.

96

일상삼매

삼매란 마음을 눈 가는 데 두는 것(심존목상)이다.

일상삼매란 일상생활이 삼매라는 말인데, 그럼 삼매란 무엇인가에 대해 혜거 스님께서 육조단경을 설법하시면서 아주 명쾌하게 설해 주었다.

인간은 밥 먹으면서 눈은 앞의 사람을 보고 귀로는 TV에서 나오는 음악을 듣고 코로는 주방에서 풍기는 커피 향을 맡고 전화로 이야기하고 머릿속으로는 다음 일정을 생각하고 식탁에서 떨어진 물방울이 튕겨 자기 발에 떨어졌다는 것을 알아차린다.

혜거 스님에 의하면, 삼매란 안이비설신의와 6식이 동시에 한 곳으로 집중된 상태를 의미한다. 밥 먹을 때 밥 먹는 것을 보고 밥 씹는 소리를 듣고 맛을 느끼는 등 모든 감각기관을 밥 먹는 데 집중하는 이것이 일상삼매이다.

일상삼매는 명상이나 화두참선과는 다르다. 왜냐하면 일상삼매라 함은 일상생활 그 자체이기 때문이다. 마음이 한곳에 모아지면 일상삼매가 아닌 것이 없다.

생각이 끊어지고 말문이 막힌 그 자리가 본성의 자리다. 일상삼매 중 한순간만 딱 하고 멈추면 바로 그 자리다. 그래서 옛 조사들께서는 견성하는 것은 세수하다 코 만지기보다 쉽다고 한 것이다.

97

5안과 6신통

금강경에서 붓다는 수보리에게 여래는 5안이 있는가 질문하고 수보리는 있다고 답한다. 5안이 무엇인가에 대한 해석이 선지식인들마다 다양하다.

붓다는 인간에게는 물체를 보는 육안, 하늘의 눈으로 보는 천안, 지혜의 눈으로 보는 혜안, 불법으로 보는 법안과 다 보고 다 아는 불안이 있다고 하였다.

성담 스님은 "육안이란 육신의 눈을 말하며 천안이란 인연법을 아는 눈이다. 상대방의 관점에서 이해하고 생각하는 눈이다. 혜안이란 반야의 눈이다. 선입견이 없는 백지상태의 눈으로 어떤 일이 있어도 상대를 탓하지 않고 내가 행동하지 않으면 아무것도 없다는 것을 아는 눈이다. 법안은 우주의 법칙을 아는 눈을 말하고, 불안이란 너와 내가 둘이 아니라는 것을 아는 눈이다."라고 하였다.

견성을 하고 나니 이루고자 하는 것이 5안뿐만 아니라 6신통에 대한 갈애가 생겼다. 6신통 중 신족통이란 물질적인 것에 대해 맘대로 하며 가고 싶은 곳을 갈 수 있는 능력을 말하며, 미래를 예지하거나 육안으로 볼 수 없는 것을 보는 능력을 천안통, 보통 귀로는 듣지 못하는 것을 듣고 식별하는 능력인 천이통, 다른 사람의 생각을 아는 타심통, 전생을 아는 숙명통 그리고 윤회의 굴레를 벗어나는 능력인 누진통이 있다.

견성을 하고 5안과 6신통을 찾아내어 삶의 이치를 훤히 꿰뚫어 볼 수 있는 것을 깨달았다 할 것이며, 옛 조사들은 5안과 6신통은 배워서 아는 것이 아니라 자기 안에 이미 다 있는 것이라 꺼내어 사용하기만 하면 된다고 하나 이 또한 견성만큼이나 어려울 것 같다.

선지식인들은 육바라밀을 행하면 5안과 6신통이 저절로 생겨난다고 하였고 해국 스님은 5안과 6신통을 이루고자 한다면 잠들기 전에 누워 마하반야바라밀다를 암송하면 이루어진다고 하였다.

98

갈애

컵에 담긴 물 한 잔은 다 마실 수 있어도 흐르는 강물을 모두 다 마시기도 어려울 뿐만 아니라 한 잔의 물로 해소될 수 없는 갈애라면, 흐르는 강물을 단숨에 다 마신다 해도 속 시원함을 느끼지 못할 것이다.

수행자들이 참선을 하고 더 많은 법문을 듣고 더 많은 경전 공부를 하면 할수록 갈증이 더 더욱 심해짐을 느끼게 하는 것은 풀리지 않은 인생의 숙제 때문이 아니겠는가?

밤잠을 설치게 하였고 깨어 있는 어느 한순간에라도 가슴속에서 사라지지 않던 그 답답함의 응어리들이 바닷물을 한 입에 다 마셔 버리겠다는 열정 앞에, 구름이 물러나고 태양이 모습을 드러내자 봄눈 녹듯이 사라져 버렸다.

태양이 떠올라 밖은 환해졌고 그토록 찾아 헤매던 고향에 이르렀건만, 5안과 6신통에 대한 갈애가 일어나면서 이 또한 목마름으로 다가왔다.

깨어나면 사라지는 꿈과 같은 인생이고 한 생각 접으면 사라질 현상세계이건만, 가을 하늘에 한 조각 흰 구름이 바람 따라 흩어짐을 보고도 인생 무상함을 깨닫지 못하고 어리석은 인간들은 자기 자신이 만든 헛된 상들을 실상인 양 쫓아갈 뿐이다.

붓다는 깨달음을 이룬 후 이제는 더 이상 갈애가 없어 윤회하지 않겠다 했는데, 나는 본성을 보았음에도 불구하고 5안과 6신통에 대한 갈애를 억누르기가 어찌하여 이렇게도 어려울까?

99

원수를 사랑하라

나는 너희에게 이르노니 너의 원수를 사랑하며, 너희를 박해하는 자를 위하여 기도하라(마태복음 5장 44절)

비록 원수는 우리를 괴롭히는 일을 계속하고 있지만 성도들은 그들을 위하여 계속 기도해야 되는데, 그들이 자기의 잘못을 시인하고 회개함으로 하느님께 용서 받고 구원받는 하느님의 자녀가 되기 위해, 진심으로 기도를 해야 한다.

불교에서도 원수를 사랑하라고 한다. 불교에서는 원수를 자신의 업장 소멸을 위하여 온 사람으로 보고 있다. 자신에게 원수로 나타난 자는 전생에 맺은 인연의 고리에 의한 지은 빚을 받으러 왔다는 것이다.

자신의 원수는 주로 자신의 주변 사람들이다. 부모, 자녀, 친구거나 직장 동료일 수도 있고 강도, 사기꾼과 같이 평소 몰랐던 자들일 수도 있지만, 공통점은 자신에게 빚 받으러 왔다는 것이다.

원수를 원수로 미워하고 있다고 한들 자신에게 아무런 도움이 되지 못하고 오히려 자기가 만들어 놓은 헛된 상에 갇혀 자기만 괴로울 뿐이다.

깨달은 자에게는 원수라는 것이 없다. 왜냐하면 자신이 행해도 행함이 없다는 것임을 알고 있기 때문이다. 행했다는 것은 다만 자신의 그릇된 생각이 만든 헛된 상을 따라갔을 뿐이라는 것이다.

깨달은 자에겐 꿈에서 깨어나면 꿈꾸는 동안 자신의 몸은 누워 자고 있었을 뿐 실제 행함이 없었듯이, 현상계에서 깨어나면 다만 꿈과 같이 현상계에서 일어난 일이었을 뿐 참나는 늘 그 자리에서 여여했다는 것이다.

100

공덕

달마대사가 인도에서 중국으로 와서 만난 양무제에게 당신의 공덕은 무라고 하니 화가 난 양무제가 너는 누구냐 하고 묻자, 달마대사는 알지 못한다 하였다.

서로 간에 묻고 답할 때는 정중함 또는 기본예절이 있어야 한다. 숭산 스님이 미국에서 포교 활동을 하고 있을 때, 한 세미나에서 여교수가 스님에게 사랑이 무엇인가요? 하고 물었을 때 스님은 교수님이 저에게 질문하고 제가 답하는 이것이 사랑이라고 하였다.

양무제가 선지식인에 대한 존경심을 갖고 예로써 자신의 공덕이 얼마나 되는지를 물었더라면, 달마대사는 아마도 "대왕께서는 많은 복을 지었습니다."라는 말로 대신하였을 것이다.

양무제의 공덕은 비록 무이지만 그가 절을 짓고 불교 서적을 편찬하고 불제자를 양성한 것에 대한 복은 참으로 크다 할 것이다.

공덕을 많이 지으면 국가로부터 연금을 받듯이 영구히 받지만, 은행에 예금을 해 놓으면 예금한 금액만큼만 찾을 수 있는 것처럼 복도 자기가 쌓은 만큼만 돌려받는다고 한다.

양무제가 한 많은 불사들이 공덕이 되지 못한 이유는, 한마디로 표현하면 무주상보시가 되지 못하였다는 것이다. 달마대사는 그것을 지적해 주고 있지만, 아만으로 가득 찬 양무제의 아상이 이를 받아들이는 데 방해하였던 것이다.

선지식인들은 견성을 하고자 하는 수행자에게 복을 쌓은 것도 좋으나 그보다 공덕을 많이 짓도록 조언하고 있다. 공덕 없이 수행을 아무리 해도 견성할 수가 없다는 것을 선지식인들은 너무나 잘 알고 있기 때문이다.

101

조사선

붓다가 연꽃을 들었을 때 가섭이 말없이 웃었다.

붓다가 설법 중에 가섭이 들어오자 자리를 반쯤 내어주자 가섭이 와서 앉았다.

붓다가 죽어 관 속에 있다가 가섭이 오자 발을 내밀었다.

이러한 말은 누군가에 의해 조작된 말이라고 생각한다.

붓다가 깨달은 후에 최초로 한 것은 직접적으로 설법을 하여 제자들을 깨닫게 한 것이지 이처럼 뜻 모를 행위를 하여 제자들을 깨닫게 하지는 않았다.

붓다는 찾아온 낯선 자에게도 친절하고도 알아들을 수 있는 문답을 통하여 깨닫도록 하였지, 주장자를 들거나 손가락을 세운다거나 주장자로 머리를 내리치거나 할을 하거나 '뜰 앞에 잔나무'라고는 하지 않았다.

달마대사도 자신의 제자인 혜가 스님에게 직지인심으로 깨닫게 한 것
이지 연꽃을 들어 보이거나 이상한 몸짓을 하지 않았고, 홍인대사도 혜능
과의 독대를 하여 금강경을 통하여 깨닫게 하였지 두 발을 내밀거나 손을
들어서 깨닫게 한 것이 아니었다.

불교가 인도에서 중국으로 건너왔을 때, 중국인들은 불교를 도교 사상
과 접목시켜서 중국스러운 선불교를 만들었기 때문에 대중들이 얼른 알
아듣지도 못할 말을 하거나 괴이한 선수행 방법들이 나타났으리라고 생
각된다.

결국 화두참선을 강조하는 오늘날의 한국 선불교가 중국 선불교를 따
라왔는지 아니면 붓다의 근본적인 가르침을 제대로 반영하고 있는지에
대해 살펴보아야 할 것이다.

사정이야 어찌 되었든 우리나라에서는 지금도 수행자와 마주 앉아 묻
고 답하는 과정에서 수행자를 깨닫게 해 주는 선지식인이 있으며, 나 또
한 선지식인 백운 큰스님을 찾아가 독대하고 묻고 답하는 과정에서 견성
을 할 수 있었는데, 이러한 방법을 조사선이라고 한다.

102

YouTube 시대

현대는 YouTube 시대인가 보다. YouTube가 없던 시대에는 큰스님의 법문을 듣고자 한다면, 시간 맞추어 찾아가야만 들을 수 있었지만 지금은 시공을 초월하여 들을 수 있다.

어떤 절에서 법회를 한다고 하면, 미리 그 시간에 맞추어 다른 약속은 잡지 말아야 하고 또 거길 갔다 오게 되면 하루가 다 가 버리고 마는데, YouTube를 통하여 법문을 들을 수 있으니 하루에 몇 개의 절에 가서 법문 듣는 것은 이제 누워서도 가능해졌다.

법문을 하던 중 어느 스님 자신의 에피소드를 들려주었는데, 어느 추운 겨울날 복잡한 서울 거리에서 촌스러운 스님이 택시를 세우면 재빨리 누가 와서 타 버리고 하는 것을 몇 번 당하고는 이번에 오는 택시는 재빨리 내가 먼저 타야지 하고 벼르고 있을 때 누가 다가오는 것 같아서 더 잽싸게 택시에 올라타고 출발하면서 보니, 아기를 안고 짐을 든 애기 엄마가 원망스런 눈으로 자기를 쳐다보고 있더라는 것이다.

스님은 자신의 못난 짓으로 인해 택시 속에서 부끄러움에 견디기가 어려웠다고 하였는데 시간이 지나고 보니 그 스님이 무슨 법문을 했는지는 생각나지 않고 에피소드만 나에게 남아 있다.

나이 육십이 되어서야 견성에 대한 간절함으로 밤잠을 설치면서 You Tube을 통하여 이런저런 법문을 듣다가 이 스님이면 될 거야 하는 스님을 발견하고는 당장 찾아갔더니 '줄탁동시'라는 말이 그야말로 딱 들어맞았다.

70세이신 백운 큰스님께서는 나보고 견성 후 보림을 해야 하는데 무엇하다가 이제 왔나 하였다. 나는 웃으면서 이제 겨우 인생 절반을 살았을 뿐입니다 하였다.

법화경에 집 나간 아들이 돌아와 자기 집에 적응하는 데 10년이 걸렸는데, 나는 나의 10년을 1년으로 단축시킬 방법이 없을까 했는데 코로나19로 인해 식당 문을 닫고 보니 남는 것이 시간뿐이라 집 안에 나를 격리시켜 놓고 자거나 YouTube로 법문을 듣거나 지금처럼 글을 쓰면서 3개월을 보내고 있는데 3년 동안 해야 할 보림을 했지 않았나 싶다. 참으로 위기가 기회인가 보다.

103

석 노인

　어떤 글에서 붓다를 석 노인으로 부르고 있는 것을 보고 눈이 확 밝아옴을 느꼈다. 불제자들을 불교신자라고 하는 등 붓다를 인간에서 신격화시키고 있는 작금에 붓다를 한 인간으로 보고 있는 것이다.

　예수가 십자가에 매달렸을 때, 나의 하나님 나의 하나님 저를 버리시나이까? 하고 예수가 말했다고 성경에 적어 놓았다. 이 또한 예수를 한 인간으로 보고자 한 것이다.

　붓다는 괴로움의 근원을 찾고자 수행을 하였고 스스로 괴로움의 근원에 대해 깨닫게 되어 인간들에게 그것을 전달해 주었다.

　예수는 40일간의 사막을 걸을 때 하느님으로부터 성령을 받아서 하느님의 뜻을 인간들에게 전함으로써 인간의 참된 삶의 방향을 제시해 주었다.

붓다와 예수를 신격화시키는 순간 인간은 결국 그들의 노예가 될 수밖에 없는데, 기독교는 그 길을 택하였고 불교는 다른 길로 가고 있다.

예수는 하느님이라는 권위를 업고 인간에게 설교를 하여 자신을 신격화하였으나 붓다는 오직 자신의 깨달은 대로 설법을 하였고, 누구나 할 것 없이 붓다가 행한 대로 하면 깨달음을 얻어 부처가 될 수 있다고 하였다.

붓다는 죽음 앞에서도 여여하였으며, 오직 존경심으로 그를 따르는 불제자들에게 자기 자신을 믿고 정진하라고 설교하였는데, 이 모든 행위들을 보면 붓다를 석 노인이라 불러도 틀린 말은 아니지 싶다.

104

화두참선

해국 스님은 태백산 도솔암에서 3년 동안 판치생모 화두를 들고 참선을 하다가 견성을 이루었다고 하면서 불제자들에게 화두참선을 권하였다.

참선은 무엇을 구하기 위함이 아니라 마음속에 떠오르는 생각들에 의해서 만들어진 모든 헛된 상들을 내리고 또 내려놓기 위함이다.

마음을 평온히 하고 눈을 지그시 감고 호흡을 안정시킨 후 '이 머꼬~' 하고 있자면, 이런저런 상념들이 잡초처럼 끝없이 올라온다.

잡념들이 너무 많이 올라온다 싶을 때마다 이 머꼬~ 하면 바람에 낙엽이 실려 가듯이 잡념들이 뚝 끊어지는 순간이 있다. 이 찰나의 순간에 이 머꼬~ 하는 자가 누구인가를 보라. 생각이 아니라 마음으로 보아야 한다.

들고 있는 화두에 집중하라. 집중하다 잠깐 화두를 놓치면 잔디밭에 자라고 있는 잡초마냥 수없는 상념들이 떠오를 것이지만, 그물에 걸리지 않은 바람처럼 떠오르는 상념을 연달아 떠오르는 상념들에 의해 밀려 지나가도록 그냥 내버려 두면 그만이다.

참선 중, 해국 스님은 자신도 모르는 사이에 어떤 생각에 빠져 상을 만들어 가면서 즐기는 재미도 크다고 하였다. 자기 스스로 공상 속에서 한 편의 영화를 제작하는 그런 즐거움이다. 이럴 때에는 이 머꼬 하면서 부질없는 생각에 빠져 있음을 알아차리고 얼른 나와야 한다.

초겨울 호수에서 피어나는 물안개처럼 상념들이 무수히 피어오르면 깊게 숨을 들이마셨다가 내쉬면서 '어째서~' 하거나 '이 머꼬~' 할 때 생각이 끊어지고 더 이상 할 말이 필요 없는 그런 한순간이 있는데, 이게 생각하기 이전의 자리인 것이다. 이 찰나에 아하 이거구나 하게 되면 된 것이다.

105

독화살

세계는 영원한가? 여래는 사후에 존재하는가? 등에 대해 어떤 바라문이 14가지의 형이상학적인 질문에 붓다는 답하지 않았다. 그 후 제자인 말룽카라 존자로부터 같은 질문을 받았다.

붓다는 제자의 질문에 대해 인간이 독화살을 맞았으면 독화살을 빼내고 치료함이 먼저이지, 독화살이 어디서 날아왔고 화살의 재료는 무엇인지에 대해 알기 전에는 화살을 뽑지 않겠다고 말하는 것이 그대가 수행을 하고 안 함과 같다 하였다.

붓다는 사성제, 즉 괴로움이란 무엇이며, 원인과 소멸 그리고 소멸에 의한 8정도를 설하는 것은 이치에 맞고 법에 맞으며 수행인 동시에 지혜와 깨달음의 길이며 열반의 길이기 때문이라고 하였다.

붓다는 지금 여기에서의 삶과 삶의 변화를 중요시했고 삶의 변화에 도움이 되지 않는 형이상학적이고 논리를 위한 논리의 말에는 답하지 않고 침묵하였다.

수행자가 수행을 함에 있어 참나에 관하여 그릇된 생각을 갖게 되면 2차 독화살을 맞은 것과 같은 것이다. 참나를 체험한다는 것은 나는 누구인가를 아는 것이다.

참나를 만난다는 것을 5안과 6신통을 얻는 것으로 알고 있다면 참나를 만나기 어렵고, 만났다 해도 알아보지도 못하고 그냥 지나치게 될 것이다.

참나는 순수함이다. 모든 아집과 탐욕, 헛된 아상, 잘못 인식된 지식들을 다 내려놓고 텅 빈 마음으로 바라볼 때 한 줄기 빛처럼 분명하게 보게 되는 것이다.

106

천도재

마을 뒤에 있는 계곡에서 젊은 남녀 네 쌍이 야영을 하다가 갑작스런 폭우에 휩쓸려 그 자리에서 죽고 시신을 마을 사람들이 건져 내어 119에 인계하였다.

동네 사람들은 비가 오는 밤중이면 이들이 떠드는 소리가 들려와 무서워 견딜 수가 없어 큰스님을 찾아가 이 젊은 영혼들을 위한 천도재를 지내도록 하였고, 이러한 후에는 더 이상 소리가 들리지 않았다고 하였다.

혜거 스님은 설법 중 이런 일화를 소개하면서 천도재의 의미에 대하여 스님 나름대로의 견해를 밝혔는데, 스님은 천도재란 누구를 위한 것인가에 초점을 두었다.

혜거 스님에 의하면 천도재란 결국 살아 있는 자를 위한 것이라 한다. 천도재를 지내기 전에는 소리가 들렸는데 천도재를 지낸 이후엔 소리가 들리지 않는 것은, 소리가 귀신에 의해 만들어져 주민들의 귀에 들리게 된 것이 아니라 어리석은 생각이 헛된 상을 만들었기에 각자 자기 마음에서 나는 소리를 듣게 된다는 것이다.

    귀신이 있고 없고가 자기 마음에 있었듯이 참나를 보고 못 보고는 지금 여기서 볼 수 있다고 믿든지 아니면 이번 생애에서는 보지 못할 것이라고 믿든지에 달려 있다.

    한 마음 단단히 하여 이번 생애에 성불하길 각오한다면
    반드시 자신이 믿는 대로 이루어질 것이다.

107

욥기

네 시작은 미약하였으나 네 나중은 심히 창대하리라(욥기 8장 7절)

구약성경 욥기의 저자와 시기는 기원전 6세기 유대왕국 멸망 후로 추정되며 저자는 분명치 않다. 욥은 인생에서 만나게 되는 희로애락이 인간의 뜻이 아니라 하느님의 섭리라는 것을 알게 된다는 것이다.

사탄의 시험에 빠져 시련을 겪고 있던 욥에게 찾아온 친구 빌닷이 욥에게 네가 무엇인가를 잘못하였으니 이렇게 되었다고 하면서 앞으로 하느님께 잘해야 나중에 잘될 것이라고 빈정거리며 욥에게 한 말이라 하여, 위의 말을 인용한 자들을 성경에 대해 무지한 자로 취급하고 있다.

우리나라에도 '에라 빌어먹을 놈. 잘 먹고 잘살아라.' 하고 비난하는 말이 있다. 그러나 잘 먹고 잘살라는 말은 좋은 말이다. 그래서 장난 좋아하는 자는 친구 개업 축화 난에 그리 적어 주기도 하고, 받는 자 또한 그리

기분 나빠하지도 않는다.

비록 빌닷이 비난조로 말했다 한들 좋은 글은 좋을 뿐이다. 사과가 똥물에 떨어졌어도 깨끗이 씻으면 더럽지 않듯이 좋은 말이 나쁘게 쓰였다고 본질이 변할 순 없는 것이다.

인간들은 본질을 보지 못하고 자신의 어리석은 생각에 의해 만들어진 헛된 상에 따라 울고 웃는 감정의 노예다. 그래서 이 노예에서 벗어나고자 수행자들은 참나를 찾아 자신의 내면으로 긴 여행을 하고 있는 것이다.

무엇이 실상인지 무엇이 허상인 줄도 모르고 듣고 배운 그것만이 참된 지식으로 알고 괴로워하면서 살아가는 인간들에게 붓다는 괴로움의 원천이 자신이 만든 헛된 상에서 비롯되고 있음을 깨우쳐 주고자 하였다.

108

끝이 시작이다

붓다께 108배 올립니다.

견성한 기쁨을 이처럼 글 쓰는 것으로 승화시켰습니다.

견성하던 그 순간에 보았던 그 맑은 기운으로 108개의 칼럼을 완성하고 붓다께 합장할 수 있어 감사드립니다.

밤낮 없이 그리고 수많은 시간 동안 참나를 찾아다녔고, 어떻게 해야 참나를 만날 수 있는지, 그 어떤 방법이 있는지를 몰라 혼자 속앓이를 하다가, 백운 큰스님을 독대하고 아하~ 이 한마디로 끝이 나 버렸으니, 그 당시 느낌은 "아~ 여기가 거기구나." 하는 환희로 내 자신이 구름 위로 붕 떠오른 기분이었답니다.

차를 운전하여 집으로 돌아오면서 분명 보긴 보았는데 내 육신에 대한 어떠한 변화가 일어남이 없고 다만 그저 참나를 보았다는 기쁨만 있어, 벙어리가 꿈꾼 것을 말로 표현하지 못하여 답답해하는 그런 기분이었습니다.

견성에 대한 간절한 마음이야 태산이었지만 그게 실재로 나한테 일어났다는 것이 그저 너무너무 신기할 뿐입니다. 스스로 믿기가 어려워 몇 번이나 맞나? 맞나? 했답니다.

사람은 역시 욕심 덩어리인가 봅니다. 견성했다는 기쁨도 채 가시기 전에 이게 다인가? 하는 기분이 들었거든요. 즉, 견성을 했으면 내가 구름도 부르고 전생과 미래를 볼 줄 아는 도사가 되어야 하지 않나 하는 우문이 들었답니다.

견성을 하면 바닷물을 한 입에 마셔 버리니 낚시 방법을 배울 필요가 없다 또는 8만 4천 법문을 한 꼬챙이에 모두 다 뀐다는 말을 믿었기에 나도 그리되나 했는데 그런 기적은 나에게 일어나지 않았어요.

견성이란 지혜를 담은 그릇이 하나 생긴 것이라는 것을 알게 되었습니다. 견성한 후부터 법문을 들으면, 아! 그 뜻이구나 그리고 책을 보면 그래 그거구나 하면서 이해가 척척 된답니다. 이걸 두고 옛 조사들이 한 입에 다 마셨다 또는 한 꼬챙이에 다 뀄다고 하였지 싶군요.

이제 또 다른 깨달음인 5안 6신통을 찾아 봇짐을 꾸려 길 위로 나서 보고자 합니다. 이 또한 밖에서 구하는 것이 아니라 내 안에 이미 다 갖다 놓았다 하니 거기에 도달할 때까지 열심히 안으로 걸어가 보고자 합니다.

나의 견성 체험기

ⓒ 가람 장병윤, 2020

초판 1쇄 발행 2020년 9월 13일

지은이   가람 장병윤
펴낸이   이기봉
편집   좋은땅 편집팀
펴낸곳   도서출판 좋은땅
주소   서울 마포구 성지길 25 보광빌딩 2층
전화   02)374-8616~7
팩스   02)374-8614
이메일   gworldbook@naver.com
홈페이지   www.g-world.co.kr

ISBN   979-11-6536-725-1 (03810)

이 도서의 국립중앙도서관 출판예정도서목록(CIP)은 서지정보유통지원시스템 홈페이지(http://seoji.nl.go.kr)와 국가자료공동목록시스템(http://www.nl.go.kr/kolisnet)에서 이용하실 수 있습니다. (CIP제어번호 : CIP2020036176)